将軍側目付 暴れ隼人

吉田雄亮

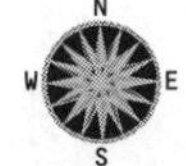

コスミック・時代文庫

この作品は二〇〇三年に刊行された「繚乱断ち　仙石隼人探察行」（双葉文庫）を改題し、大幅に加筆修正を加えたものです。

目次

小　序

四角く切られた空間——。
夜空に、雲の薄衣をまとった月がおぼろに浮かび上がっている。
突然、四隅から土塊が落ちてきた。
逃れようとするが、躰が動かない。
なぜかわからぬが、身動きできないのだ。
すでに躰の半分は地中に埋まっている。
間断なく土塊は降り注いでくる。
叫ぼうとして微かに開いた口に、土塊が入り込んできた。
目にも、土粒が飛び込んでくる。
もう、首の付け根から頭の後ろ半分まで、土の中にある。
土塊が、さらに勢いを増して降り注いでくる。

6

何も、見えない。
息が、できない。
おれは、土中にいる。
身動きできぬまま、生き埋めにされている。
苦しい。
息ができない……。

謀略渦紋

一

　びっしょりと寝汗をかいていた。

　仙石隼人は、手の甲で、喉もとを拭った。べっとりと、妙に粘っこい水滴が指にからみついてくる。

「なんてこった。夢見て、寝汗をかくなんざ、みっともなくて人にはいえない話だぜ」

　仙石隼人は、旗本の跡取りには似合わない下卑た口調で、吐き捨てるようにいった。半身を起こして、大きな溜息をつく。うんざりした気分を、躰の奥底から吐き出そうと、無意識のうちに行った所作だった。

仙石隼人の父・仙石武兵衛は、三百石の俸禄を将軍家より拝領する、小普請組配下の直参旗本であった。

小普請組は無役の旗本・御家人たちが配属される組織である。仙石家は、かつて一度も御番入りしたことがなかった。

「死をもって君に忠を尽くす」ことをひとつの範とし、滅私奉公をもって是とするのが、武士道である。いわば閑職ともいうべき小普請組に配属されたまま営々と禄をはみつづける仙石家は、武士道を貫く武士たちからみれば、役立たずの、きわめて、恥ずべき家系の者どもといえた。

半年前、その役立たずの仙石家の当主・武兵衛が、側用取次・牧野備後守の密かな呼び出しを受けた。任務の中身は定かではないが、八代将軍・徳川吉宗直々の下命であった、と隼人は武兵衛から聞かされている。

その数日後に、旅支度をした武兵衛は屋敷を後にした。もとより、武兵衛が受けた任務がどのようなものであるか、隼人は知らされていなかった。

旅立つ前日に、

「しばらく旅に出る」

とだけ、武兵衛は告げた。

隼人もまた、深く問い質そうともしなかった。武士に下った命は、たとえ、父子兄弟といえども、任務の中身を告げることは許されない。とくに、仙石家には、つたえられた下命については、一言も洩らしてはならぬとの家訓があった。

今日、隼人は、側用取次・牧野備後守から急な呼び出しを受け、牧野侯下屋敷へ出向くことになっている。

半年前に旅立った武兵衛からは何の連絡もなかった。行方を知る手がかりのひとつもないということは、由々しき大事が発生したと考えるべきであった。由々しき大事。それは、武兵衛の死を意味していた。

武兵衛の死は、大名家にいう改易・御家取り潰しと同じ扱いの、御扶持召放し、という厳しい処断が仙石家に下されかねない事態が間近に迫っている、ということと同義であった。

「嫡男・隼人による仙石家家督相続の手続きを急がねばならぬ。下屋敷まで伺候するように」

との牧野備後守よりの書状が、昨夜、隼人あてに届けられていた。

「親父殿のこと、牧野様が何か摑んでおられるかもしれぬな」

独り言ちた隼人は、ゆっくりと床から立ち上がった。

昼過ぎ、着慣れぬ羽織袴に身をかためた隼人が出かけようとすると、老用人の舛尾喜右衛門が、

「大事な用向きのことゆえ、月代を剃らねば失礼にあたりまする」

としつこく言い募った。代々、仙石家につかえてきた舛尾家であった。その家系をつなぐ喜右衛門は、何かと心配性で、ひとりで気遣いしている。ことに、隼人のこととなると、養育係だったこともあって、なにかと子供扱いするのが、つねだった。今日も、同じことの繰り返しだった。

「言葉遣いには、くれぐれもお気をつけくださりませ」

と、目をしばたたかせた。

「上野廣小路や両国廣小路のごろつきたちが、おれと親父のことを何と噂しているとおもってるんだ。『軟派の酔いどれ、三味線・常磐津、芸事好きの親父様。喧嘩三昧、硬派の、悪たれ隼人殿。父子仙石、疫病神』。路地のあちこちでガキどもが囃したてて遊んでいるくらい、知れ渡っていることだぜ」

「だからといって、ことさら悪ぶってみせなくとも。せめて、外見だけでも、旗

本らしく」

「いまさら、まっとうな武士ぶっても、仕方あるまい」

と、軽くあしらっていこうとした隼人に喜右衛門が、さらにとり縋った。

「立ち居振る舞いにも、くれぐれも気をつけてくださりませ」

隼人は、多少、面倒くさくなった。

「心配するな。おれだって食い扶持は大事だ。みすみす失うような馬鹿な真似はせぬ」

そういって、眉が濃く、鼻筋の通った彫りの深い顔立ちの、奥二重の鋭い目で、小柄な喜右衛門を見やり、やさしく微笑んだ。隼人の、喜右衛門にたいする精一杯の、心遣いだった。

笑うと、日頃はきつめの隼人の眼に、子供のような邪気のない光が宿る。鋭さと幼さが入り混じった、見られた者のこころを和ませる、奇妙な魅力の籠もった笑顔だった。

行きかけた隼人の背に、喜右衛門が何かいっていた。が、隼人は振り向きもせず、さっさと、下谷七軒町の、旗本屋敷の建ち並ぶ一角にある屋敷を出た。

隼人が尾行に気づいたのは、御書院番組の番士たちが住み暮らす抹香橋組屋敷きだった。

と浅草阿部川町の間を道なりに行き、堀川に突き当たった河岸道を左へ折れたと

道を曲がるとき、人は自然と横を向く。半身になったそのときに、隼人は、後ろからやってきた数人の武士が不意に立ち止まり、わざとらしく立ち話をしているふうをよそおったのを、見咎めたのだ。

（へたな尾行だ。しかし、何のためにおれを……）

考えてみても、隼人には尾行される覚えはさらさらなかった。

隼人にないとすれば、尾行される理由はほかにある、と考えるべきであった。側用取次・牧野備後守からの呼び出しにこそ、尾行される原因がある。そうとしか考えられなかった。

つけてくる武士たちのあかぬけない服装からして、江戸勤番の、どこぞの藩士と推測された。

勤番侍たちが、なぜ隼人をつけるのか。推考したが、隼人は、何の解答も得られなかった。

隼人は、考えることをやめた。牧野備後守の屋敷からの帰途も尾行してきたら、そのときは多少手荒い手段をとってでも、尾行の目的を吐かせてやろう、と決め

たからだ。

東本願寺本堂の大伽藍を左に仰ぎながら、隼人は表門の前を通り過ぎた。

隼人に尾行を気づかれてはいない。そう思い込んでいるのか、勤番侍たちの動きには油断が滲み出ていた。

隅田川に架かる長さ九十六間の両国橋を渡って左へ折れ、河岸道をしばらく行くと、右手に牧野侯下屋敷の大屋根が見えてくる。

（そろそろいいだろう）

隼人は立ち止まって、ゆっくりと振り返った。

町家の蔭に、あわてて身を隠した数人の武士の姿をしかと見届けた隼人は、悠然と踵を返した。

二

牧野侯下屋敷の、庭に面した部屋に通された隼人は、

「先客との応対に手間取っておりますので、暫時お待ち願いたい」

との用人石塚左内のことばを受け、正座してかしこまっていた。

何もすることがなかった。

隼人は、十数年前元服したときに、厳しい顔つきの武兵衛から、仙石家に代々密かに命じられてきた［側目付］の役目についていて告げられた日のことを思い出していた。

そのとき、どこか哀しげな面差しで、じっと見つめていた母・織江の顔が、隼人の脳裡に、なぜか深く焼きついている。

その母も、四年前に病歿し、いまはこの世にいない。

仙石家は、小普請組配下の、無役の家系であるが、役職についたことがないにもかかわらず、代々の当主たちは、当主が望んだときには、ただちに時の将軍家と御目見得することが許されていた。さらに、年に数度、千代田城内の将軍家の茶室に招かれて、将軍とふたりだけで数刻を過ごすことが、定められていたのであった。

戦国の世もおさまり、徳川幕府の基礎固めがなされていた二代将軍・徳川秀忠の頃から営々とつづけられてきた、徳川将軍家と麾下の旗本・仙石家との、秘められたしきたりごとであった。

東照大権現・徳川家康は、二代目将軍職を継いだ秀忠に命じ、仙石家を、永代側目付に任じた。

　側目付とは、将軍家の耳目となって大名、旗本を監察し、疑惑のことがあれば将軍家の代人として、おのれの判断でその処理にあたる権限が、認許されている役職であった。

　将軍家剣術指南役・柳生但馬守宗矩は、大目付たる立場を確たるものとすべく、嫡男・十兵衛三厳や高弟たちを各地へ潜入させ、隠密裡に探索を行った。結果、身に覚えのない落ち度を作り出されて、改易・取り潰しになる大名が相次いだ。ために、諸大名は柳生家を恐れた。結果、柳生家は隠然たる権勢を持つに至った。

　家康は、柳生家の探索結果に偽りがあるのではないか、との疑念を抱いた。柳生家にたいする諸大名の対応に、へつらうような動きがあることに気づいたからだ。

　将軍家の一方の剣術指南役・小野派一刀流の小野忠明は、剣一筋の、およそ権勢には無欲の人物だった。

　この小野忠明に眼をつけた家康は、小野派一刀流免許皆伝の直参旗本十数名を選び出し、秀忠に命じて、密かに側目付に任じたのだった。

　側目付職の設置は、柳生一門の探索による情報の真偽を確かめ、柳生がめぐらした謀略を防ぐための手立てであった。

　この側目付の働きにより、

「大目付として、大名の死活を左右し、密かに諸大名をあやつる」

との、柳生一門の野望はうち砕かれた。

　が、この役職・側目付は、あくまでも将軍家直属のものであり、その存在は幕府の要人たちのなかでもわずかの者しか知らない、重要機密であった。

　仙石家には、代々、秀忠より下賜(かし)された「側目付落款(らっかん)」と呼ばれる、側目付の身分を示す、鑑札がわりのものが伝えられていた。

　側目付落款は、表面は一枚にしか見えない二重造りの鍔(つば)に、隠し彫りされていた。

「此者(このもの)、将軍代理之側目付也　秀忠」

　との文字と秀忠の落款が鍔の裏面に刻まれており、鍔の一部を横滑りさせることで、その文字が現れるという仕掛けが施されていた。

　その身分を示す側目付落款を秘めた鍔は、代々、仙石家の当主が帯刀する太刀につけるよう定められていた。

　いま、その側目付落款の鍔をつけた太刀を腰に帯びた仙石家の当主・武兵衛は、八代将軍・徳川吉宗の密命を帯びて旅立っている。

思念の淵に沈んでいた仙石隼人を、現実に引き戻すものが迫ってきた。廊下を踏み鳴らして近寄ってくる足音には、誰憚らぬ尊大さが感じられた。この家の主・牧野備後守のものに違いなかった。

庭に面した腰高障子が開かれた。足音の主はなぜか、座敷の入口に立ったままで動かない。

隼人は、静かに躰の向きを変え、姿勢を正して視線をあげた。

不快さを剝き出しにした牧野備後守が仁王立ちして、隼人を見据えていた。

「仙石隼人、お招きにより参上仕りました」

隼人は平伏した。

平伏した隼人に声をかけようともせず、牧野備後守は上座に向かった。

腰を下ろすなり、睨みつけた。

「無礼であろう、仙石隼人」

「は？」

隼人は、思い切り、とぼけた顔つきで応えた。無礼、の意味が解しかねるとのおもいが、その表情にはこめられていた。

「予は、側用取次・牧野備後守であるぞ。仙石、そちにとっては上役にあたる者。初めて対面するにあたって、月代を剃らぬは無礼とはおもわぬか」

冷ややかな目で睨みつけた牧野備後守を鋭く見返して、隼人は告げた。

「これは異なことを仰せられる。将軍家間近に務められる側用取次様のおことばとは、とても思われませぬ」

「何っ」

「我が仙石家が代々務めまする側目付は、隠密裡の探索が主たる御役目。いかにも旗本然とした姿形は、かえって務めには不向きと心得ておりまする。町のどこにいても不思議でない姿でいることこそ、側目付らしき姿かと考えてのこと」

牧野備後守が、うっ、と息を呑んだ。返す言葉が見つからぬらしく、黙り込んだまま、身じろぎもせず、隼人を見据えている。

隼人は、平然と備後守を見つめている。

ややあって……。

気まずさを隠すように、ぎこちなく隼人から視線をそらして、備後守が口を開いた。

「……いわれてみれば、そうかもしれぬ。しかし」

「月代を剃るのは造作もないこと。これから、髪結床(かみゆいどこ)へおもむき、髪を調(ととの)えたのち、明日にでも再度出直してまいりまする」

傍(かたわ)らに置いた太刀に手を伸ばし、立ち上がる素振りを見せた隼人を、備後守があわてて手をかざして、制した。

「それには及ばぬ。日頃から役目にたいする備えをおこたらぬそちの心得、咎め立てする気はない。月代は剃らず、そのままでよい」

「は。側用取次様のおことばに甘え、某(それがし)、月代を伸ばしたままにてお務めいたしまする」

膝に手を置いた隼人は、深々と頭(こうべ)を垂れた。

備後守がつづけた。

「本日呼び立てたは予の儀ではない。そちの、仙石家家督相続についてのことじゃ」

備後守は懐(ふところ)から紫の袱紗(ふくさ)包みを取り出し、隼人の前に置いて、開いた。

袱紗には、一枚の鍔が収められていた。

「仙石家に代々つたわる鍔じゃというてな。そちの父・武兵衛が旅立つまえにわしに託していったものじゃ」

「側目付落款」

と、危うく口に出しかけて、隼人は言葉を呑み込んだ。備後守の言葉から、父・武兵衛は、この鍔が二代将軍秀忠から仙石家に下しおかれた側目付落款が仕掛け彫りされたものだということを告げていない、と推断したからだった。

隼人は、発する言葉を選んだ。

「これは代々仙石家の当主の愛刀につけるよう家訓にて定められし鍔。父が肌身離さずつけていたものでござりまする」

「武兵衛が『某が半年経ても戻らぬときは嫡子・隼人に渡してもらいたい』というてな。置いていったのじゃ」

隼人は凝然と、側目付落款が秘められた鍔を見つめた。鍔の表と裏に、仙石家の家紋である「剣かたばみ」の紋様が彫られている。

探索の旅に出た父が、この鍔をおのが腰にたばさむ愛刀から外したということは、すでに死を覚悟していたということではないのか。この鍔は、隠密の任務に就いている父の役向きを、唯一証するものなのだ。

（その側目付落款が隠し彫りされた鍔を置いていくとは、解せぬ。本来、この鍔

は、父の死とともにいずこかへ消え去る運命にあるもの）

側目付落款が隠された鍔は、実は、予備の鍔一枚が用意されていた。鍔が予備のもの一枚となったときには、密かに、直々将軍家に申し出て、新たな側目付落款が隠し彫りされた鍔を造りあげる、と定められていた。

（まさかとは思うが、生来の芸事好きで、争い事が嫌いな親父殿のこと。はなから任務を果たす気などなかったのかもしれぬ。そうならそうで、いってくればおれがかわりに探索に出てもよかったものを。しかし……）

父の行為の意味するところがわかりかねた。そんな隼人の混濁を備後守が断ち切った。

「明日巳刻（午前十時）、江戸城に伺候いたせ。上様に拝謁の上、家督相続の手続きを終えるとしよう」

「御心遣いのほど、痛み入りまする」

隼人は、畳に両の手をつき、平伏した。

三

牧野備後守の屋敷を後にした隼人は、尾行の者たちとの決着をつけるべく、源兵衛川に架かる源兵衛橋を渡って、水戸侯下屋敷と隅田川の間の土手道をぶらぶらと三囲稲荷へ向かった。

隼人は、まず三囲稲荷に詣でて出店などを冷やかしたあと、牛の御前社で同じことを繰り返した。さらに、長命寺へ向かって、茶店で名物の桜餅を食した。尾行する勤番侍たちは、姿の隠しようがなかったらしく、堂々と、つかず離れずの距離をおいてついてきている。

(牧野備後守の呼び出しに尾行の因があるようだ。ここまではっきり姿を晒してくるところを見ると、多少の荒事は覚悟の上と見える)

そう見極めた隼人は、長命寺から人通りの少ない寺島村のほうへ向かい、諏訪明神近くの三叉路の手前で堤におりて、川辺へ出た。襲撃しやすいよう、尾行の者たちを誘った動きだった。

が、勤番侍たちは、形だけ桜の幹に姿を隠して、なかなか隼人に近寄ってこようとしなかった。

隼人は面倒くさくなった。

（煮えきらない奴らだ。こちらから仕掛けてやるか）

隼人は、肚をくくった。ゆっくりと、土手道へ踵を返した。

勤番侍たちにしてみれば、隼人の動きは予想外のことだったらしく、桜の蔭から姿を現し、たがいに顔を見合わせた。様子から見て、尾行以外のことは、やる気がないように見えた。

が、隼人は、このまま済ます気はなかった。人を尾行するには、それなりの理由があるはずである。尾行される側には、つける理由をつけ回す者に問い質す権利がある、と隼人は考えていた。

土手道の下に位置した隼人は、いきなり、刀を抜き放った。無銘だが、肉厚の、数度の斬り合いでも刃こぼれひとつしなかった、実戦向きの太刀であった。

半ば反射的に勤番侍たちが鯉口を切ったのを見とどけた隼人は、煽った。

「尾行の理由、剣に賭けても知りたい。やり合うには土手道より川原のほうが邪魔が入らぬ。来い」

勤番侍たちに動揺が走った。その、こころの動きに隼人がつけいった。

「来ぬならこちらから行く。刀を抜かぬ者は斬らぬ、などと気障なことはいわぬ。尾行の理由を聞き出すまではひかぬぞ。戦いを挑まれ、すごすごと引き下がる気か、犬侍どもめ」

口汚くののしった隼人に、

「犬侍といったな。許せぬ」

高く吠えた勤番侍のひとりが、刀を抜き放った。他の勤番侍たちも、刀を抜き連れる。土手道から堤を駈けおりた勤番侍たちは、一斉に隼人に襲いかかった。

最初に刀を抜いた勤番侍が、大上段から斬りつける。身をかわした隼人は、勤番侍の胴を刀の峰でしたたかに打ち据えた。

一声呻いて勤番侍は気を失った。あまりに鮮やかな隼人の剣の冴えに、他の勤番侍たちに脅えが走った。

「次からは、斬る」

隼人は、右八双に構え、峰を返した。

右側の侍が、悲鳴に似た気合いを発して隼人に斬りかかった。その太刀におのが刀を叩きつけた隼人は、衝撃にふらついた侍の肩口に刀を叩きつけ、袈裟懸けに斬り裂いた。

朱に染まって転倒した侍に、勤番侍のひとりが駈け寄り、いきなり太刀を背中から心の臓に向けて突き立てた。止めを刺したのは明らかだった。隼人が気絶した侍の前に立って身構える。こ奴は渡さぬ、との気迫に満ちていた。それを見た勤番侍が、

「退け」

と叫んだ。ほかの勤番侍たちに躊躇はなかった。隼人に背を向けるや、脱兎の如く逃げ出した。

見事な退却ぶりであった。

気絶した仲間のことなど微塵も気遣う様子のない勤番侍たちの動きに、隼人は首を傾げた。同じ藩の禄をはむ者なら、傷ついた同僚を助けようとするのがふつうであった。それが、逆に止めまで刺して逃げ去る。

（解せぬ動き……）

そのことが、隼人に、ひとつの決意をもたらした。

（奴らの正体、突きとめずにはおかぬ）

刀を鞘におさめた隼人は、峰打ちをくれた勤番侍の傍らに膝をついた。勤番侍の意識はまだ戻っていなかった。

隼人は勤番侍の懐(ふところ)を探った。抜き取った手拭いで、勤番侍に猿轡(さるぐつわ)を嚙ませる。仰向(あおむ)かせて、勤番侍の袴(はかま)の下の腰帯を解いた隼人は、ふたたび俯(うつむ)かせ、その腰帯で勤番侍を後ろ手に縛り上げた。後ろにまわって勤番侍の半身を引き起こした隼人は、低く気合いを発して、活を入れた。

大きく呻いて覚醒した勤番侍は、しばし、呆然(ぼうぜん)としていた。自分の置かれている状態が判然としない様子だった。

「おい」

隼人の呼び掛けに勤番侍はゆっくりと振り向いた。薄ら笑いを浮かべた隼人に仰天した勤番侍は、声をあげようとした。が、その声は、くぐもった、ただの唸(うな)り声としかならなかった。

勤番侍は、口をぱくつかせて、手拭いの猿轡をはずそうともがいた。

隼人は、後ろ手に縛った腰帯を強く引いた。なされるがまま、他愛なく勤番侍は横転した。勤番侍の顔を覗き込んで、隼人は告げた。

「おまえは何者だ。喋りたくなければいわずともよい。これからおまえを引き連れて各藩の江戸屋敷をまわるだけだ。何日かかってもやる。おれは、なぜ尾行されたか理由を知りたい。いっておくが、おれは執念深い」

隼人は凄みのある笑みを片頬に浮かべた。喧嘩騒ぎのとき、町のごろつきどもを震え上がらせるための、それなりの効果を考えて計算され、研究され尽くした、芝居がかった所作であった。効果は覿面（てきめん）だった。勤番侍の眼に、脅えが走った。

源兵衛橋を渡った隼人は隅田川沿いの河岸道を、御竹蔵から両国橋まで、勤番侍を後ろ手に縛った腰帯を引いて、ゆっくりと歩いた。隼人は、勤番侍の両刀を肩に担いでいる。

当然、道行く人々は、好奇の目で隼人たちを見つめた。なかには、暇にあかせて、隼人たちについてくる野次馬たちもいた。勤番侍がよろけたり、野次馬たちを蹴飛ばそうとして隼人に引き戻され転倒するなど、無様な格好をさらすたびに、罵声が飛び交った。まさしく、勤番侍は晒（さら）し者だった。

両国橋脇から掘られた堀割に架かる駒留橋の手前にある藤堂侯下屋敷の前に立った隼人は、表門を叩いた。

「御願い申す。某（それがし）は直参旗本・仙石隼人、江戸勤番の武士とおぼしき数人にいわれなき襲撃を受け申した。そのうちのひとりを生け捕りにしましたが、卑怯にも正体を明かしませぬ。よって、各藩の江戸屋敷を訪ね歩き、顔改めをしていただくことを決意し、かく罷りこしました次第。顔改めが済むまでこの場を去らぬ所存。すみやかな御手配、御頼み申しあげまする」

がなり立て、戸を叩きつづける隼人に根負けしたのか、やがて、表門が開き、用人とおぼしき武士が現れた。

厳しい表情で、隼人が引き据えた勤番侍の顔を改めた藤堂藩の武士は、

「当藩の、江戸詰の者ではござらぬ」

とおごそかに言い放った。

「御手数をお掛け申した」

隼人は、丁重に頭を下げた。

松前侯江戸屋敷、松平侯下屋敷、松浦侯下屋敷と、同じことが繰り返された。ぞろぞろとついてきていた野次馬たちも、さすがにひとり去り、ふたり去りして、誰もいなくなったころには、七藩の江戸屋敷をまわっていた。

隅田川の、河岸道沿いに建ち並ぶ大名屋敷をまわり始めて、一刻半（三時間）にならんとしていた。

「次は、酒井侯下屋敷で顔改めといくか」

隼人が勤番侍を振り向いた。

「そこまでやったら、おれは夕餉をとる。おぬしに飯は食わせぬ。正体を明かすまでは人扱いせぬ」

勤番侍が口を大きく開いて、閉じた。何度か同じ仕草を繰り返し、言葉にならない唸り声を発しつづけた。何かを話そうとしているのは、明らかだった。

「喋る気になったようだな」

隼人の問いかけに、勤番侍は何度も大きくうなずいた。

四

隼人は勤番侍の猿轡をゆるめてやった。猿轡を解けば舌を嚙む危険性がある。それを防ぐための措置であった。

勤番侍が、猿轡をはめられたままの不自由な口を、懸命に動かした。

「拙者は水戸藩士・三村礼二郎。おぬしが、幕府の密命を帯び、その役職を笠に着て、我が藩に謀反の疑いをかけようと画策しているとの、匿名の投げ文があった。投げ文の主が何者かはわからぬ。が、容易ならざる一大事と判断して、とりあえず尾行を仕掛けたのでござる」

話を聞き終わった隼人は、あらためて猿轡を締め直した。

「これから水戸藩下屋敷へ出向き、おぬしの話の真偽をたしかめる」

隼人は鋭く、勤番侍を見据えた。

隼人は河岸道を引き返し、ふたたび源兵衛橋を渡った。勤番侍を引き据えて、水戸藩下屋敷の表門の前に立った隼人は、大音声によばわった。

「直参旗本・仙石隼人と申す。本日、とある藩の江戸勤番の方々からいわれなき襲撃を受け申した。その折り、襲撃者のひとりを捕らえ、詰問いたしたところ、水戸藩の者と白状された。なにゆえ御親藩である水戸藩が、直参旗本の我が身を襲撃されたか、存念のほどをお聞きしたい。お聞きするまで、この場を動かぬ」

水戸藩下屋敷の内部でざわめきが起こった。ややあって、表門が開かれ、数名の武士を従えた初老の武士が現れた。

「下屋敷の差配をまかされし尾形貫介と申す。当藩にては覚えなき仕儀」

「ならば、顔改めをお願い申す。この者、水戸藩士・三村礼二郎と名乗っておる」

「知らぬ。この者、水戸藩の者ではない」

三村の顔を見るなり、尾形は、何のためらいもなく言いきった。

隼人は、三村の猿轡をはずした。

「三村殿、水戸藩ではおぬしのことを知らぬというておる。どちらかが嘘をついているはずだ。いいたいことがあればいうがよい」

三村はわなわなと震えていたが、意を決したのか、はたと尾形を見据えた。

「何故（なにゆえ）、嘘をいわれる。身共（みども）は、正真正銘の水戸藩士でござる。上屋敷の御長屋に住まいする者。上屋敷に照会願いたい」

「戯（たわ）けたことを。いかなる意をもって、いわれなきことを言い立てるかわからぬが、おぬしが嘘をいっていることは明らか。仙石殿、迷惑千万な話でござる」

尾形が隼人に視線を移した。困惑が、顔に滲み出ていた。

隼人は尾形を見つめ、さらに、三村に視線を移した。尾形も三村も、隼人に視線を注いでいる。そのさまは、隼人の出方次第で動きを決めようと、様子を探っているかに見えた。

隼人は、三村を後ろ手に縛っている腰帯を解いた。肩に担いでいた両刀を、三村の足下に投げ置いた。

訝（いぶか）しげに隼人を見つめる三村と尾形に告げた。

「どちらが嘘をいっているか某にはわからぬ。これ以上の面倒は好まぬ。尾形殿、勝負の検分を願いたい。三村殿、刀をとられよ。真剣にての試合、所望いたす」

「おのれ、当家の門前を血で汚す気か」

尾形の背後に控えていた若侍が、怒声を発して刀の鯉口を切った。剣を抜こうと柄にかけた若侍の手を尾形が押さえた。

「やめい、矢崎。この場は、仙石殿の存念にお任せするのじゃ」

やりとりを聞いていた三村が、いきなり大刀を拾い上げた。

「これほど冷たき藩とは思わなんだ。おぬしら、同藩の者の危急を見捨てる気か」

「何をいうか。おぬしは当藩の者ではない。なぜ偽りを言い立てるのじゃ」

尾形が怒声を発した。

「三村殿の骸は、この場に捨て置き申す。水戸藩にて片づけられるもよし。町奉行所にとどけられるもよし。放置されるもよし。すべてお任せいたす」

冷ややかに言い放って、隼人は刀を抜いた。青眼に構えた。小野派一刀流免許皆伝の腕前である。無造作な動きであったが、隼人の構えには、見る者をして、おもわず息を呑ませるほどの迫力と風格があった。

対する三村は刀を抜き放つなり、いきなり、鞘を隼人に投げつけた。鞘をはじき飛ばした一瞬の虚をついて、刀を前方に突き出した三村が、隼人に向かって突進した。それまでの鈍重な印象から一変して、姿勢を低くしての俊敏な動きは、これまた、見る者の眼を瞠らせた。

しかし、右に太刀をはね上げざま、そのまま真下に下ろして、右下段の位置に形を定めた隼人の見切は、精緻を極めていた。わずかに左へ体をかわした隼人は、すれ違いざま、三村の胴から腋下へ向かって、逆袈裟に一太刀をくれていた。

低く呻いた三村は、衝撃にわずかに躰を浮かせたが、突撃の勢いのまま、前のめりに倒れていった。

俯せたまま通りに横たわった三村を見向きもせず、隼人は懐から取り出した懐紙で拭った刀を、鞘におさめた。尾形に視線を移して告げた。

「検分、かたじけなく存ずる」

軽く一礼した隼人は、踵を返した。

歩みをすすめる隼人の背後で、水戸藩下屋敷の表門が閉じられる、軋み音がひびいた。

（おれが立ち去って、門が閉まるまでのあいだからみて、三村の骸はそのまま捨

て置いたとみえる）

ということは、三村は水戸藩に関わりない者、ということを尾形ら水戸藩下屋敷の武士たちが態度でしめしたことになる。

「……まだ、わからぬ」

隼人は、おもわず口に出してつぶやいていた。さらに、確かめることがある、と隼人は考えていた。

屋敷に戻るなり隼人は、喜右衛門に命じた。

「明早朝、若党を水戸藩下屋敷へ走らせ、表門前に転がっている勤番侍の骸の有無を確かめさせろ。骸がない場合は、月番の南町奉行所へ立ち寄らせ、町方の者が骸を片づけたかどうか聞いてくるよう、命じるのだ」

喜右衛門の面に驚愕（きょうがく）が走った。

「その骸は、誰が手をかけたので？」

「おれだ」

「水戸様のお屋敷の前で、命のやりとりをなされるなど、無分別が過ぎまするぞ」

「おれは、明日、上様に拝謁する。親父殿が拝命した任務をおれが引き継ぐことになるやもしれぬ。斬り捨てた奴は、おれがこの屋敷を出てからずっと後をつけてきた奴ばらのひとりだ」

「そやつが水戸藩の者と名乗ったのですな」

「そうだ」

　しばしの沈黙が流れた。

「……御親藩の水戸様が、隼人様の探索事に関わりがあるのでは」

　喜右衛門が、重苦しくつぶやいた。

「だから、調べるのだ。喜右衛門、おれは伊達に喧嘩三昧の暮らしはしていない。喧嘩は戦と同じだ。それなりの兵法がいる。攻め方逃げ方、実戦で修業を積んできたつもりだ」

　隼人は、喜右衛門の肩を叩いた。

「代々、仙石家の用人を務めてきた喜右衛門のことだ。我が家に秘かに命じられた側目付の任務、心得ておろう」

　うなずいた喜右衛門に、隼人はつづけた。

「おれが任務について半年たっても戻らぬときは、千駄木の叔父上に相談の上、仙石家の跡取りを定めてもらえ」

「隼人様……」

「旅立つまえに、仙石家につたえられた側目付落款を秘めた鍔の予備を、おまえに預けておく」

「……あ、あまりに無慈悲な御上のなさりよう。仙石の家ばかりが側目付ではありますまいに」

喜右衛門の目に濡れたものが光った。隼人は、見て見ぬふりをした。隼人は喜右衛門の涙を見るのが厭であった。喜右衛門は泣き虫の質らしく、悪戯が過ぎる隼人が両親に怒られるたびに、

「そのような躾はいたしませなんだ。情けのうございます」

といっては、泣いた。そのたびに隼人は、困った。喜右衛門は、泣きだすと一刻（二時間）の余は泣きつづけ、隼人に繰り言をいいつづけるのだ。

さすがの隼人も、今夜は疲れていた。牧野備後守との面語。尾行してきた勤番侍たちとの決闘。捕らえた三村礼二郎を引き連れた大名屋敷まわり。水戸藩下屋敷前での三村との斬り合い。これ以上、喜右衛門につきあってやる気は、隼人にはなかった。

「腹が減った。着替えるあいだに夕餉を用意してくれ。その後、風呂に入って、寝る」

隼人は羽織を脱ぎ、丸めて、ぽいと喜右衛門に渡した。

翌朝、濡れ縁に立って、両手を上に伸ばし大きく背伸びしながら、欠伸をしている隼人に喜右衛門が声をかけてきた。

「隼人様、若党がただいま立ち帰りました」

「どうした？」

「水戸藩下屋敷の前に骸はなかった、ということでございます。で、月番の南町奉行所へ聞きにまわったところ」

「南町奉行所では水戸藩下屋敷前に勤番侍の骸が放置されていることすら知らなかった。そうであろう」

「どうして、そのことをご存じで」

「なに。そんなことだろうと思っていたからさ」

「では、骸を片づけたのは水戸様の藩士の誰かと……」

「それはわからぬ。水戸藩の者かもしれぬし、正体が定かでない何者かの仕業かもしれぬ」

「それでは、水戸様が、探索すべき陰謀に関わっておられるかもしれぬとお考えなのでは」

「そうさな。そういうことになるかもしれぬな」

喜右衛門は、驚愕の極に達したのか、呆(ほう)けたように、口をあんぐりと開いた。親藩である水戸藩が探索の標的となると、あまりにも強大な相手というべきであった。喜右衛門の顔の色は、青白く変わり果てていた。ごくり、と生唾を呑み込んだ。

五

仙石隼人は、江戸城・吹上の庭の一角にひっそりと建つ茶室で、八代将軍・徳川吉宗に拝謁していた。茶室には、側用取次・牧野備後守と、吉宗の腹心と評される江戸南町奉行・大岡越前守忠相(ただすけ)が座していた。

「側目付の任務にそなえ、つね日頃から我が身を浪人者に見せかけるために、月代(さかやき)を伸ばしているとのこと、備後から聞いたぞ。殊勝な心がけじゃ。誉めてとらす」

吉宗のことばに、隼人は深々と頭を下げた。堅苦しい裃を身にまとった隼人の外見と月代を伸ばした髪形は、いかにも不釣り合いなものに見えた。

「ありがたきおことば。仙石隼人、汗顔のいたりでございまする。家督相続の儀、すでに手続きが完了していると側用取次様からお聞きいたし、感謝の極。ただただありがたく」

「代々継いできた側目付の役向き。しっかりと務めてくれ」

吉宗のことばを受けて、牧野備後守が告げた。

「仙石隼人、此度の任務を申しつける。探索すべき相手は御三家、尾張六十一万九千石・徳川宗春様じゃ」

「宗春めが、幕府にたいして謀反のこころざしを同じゅうする大名たちと「尾張血判状」なる連判を取り交わし、密かに策謀をめぐらしおるとの噂が洩れ聞こえてきての。事の真偽を確かめねばならぬ」

吉宗が、感情を抑えた声音で告げた。

「尾張名古屋へ潜入し、もし現実に存在すれば、謀反の証たる尾張血判状を奪いとり、持ち帰るのが、某の務めでございまするな」

応じた隼人に、

「そうじゃ。宗春め、予の尚武節倹政策にことごとく反抗しおって、さながら元禄の世もかくばかりかと思ゆる華美・贅沢を奨励する政を尾張名古屋で展開しておる。やめい、と注意してもやめぬ。謀反の兆しは歴然としておるのじゃ」

吉宗は不快げに、吐き捨てた。

吉宗と尾張徳川家・宗春の確執は、八代将軍職の後継者争いに端を発していると思われがちだが、現実はそうではない。

吉宗と八代将軍職をめぐって争ったのは尾張徳川家六代藩主・継友である。時の将軍家に世継がない場合は、尾張・紀州・水戸家とあらかじめ決められた家格順位を参照しつつも、御三家の、時の藩主のなかより誰が将軍家にふさわしい人物かを幕閣内で検討し尽くし、その上で、将軍職が継承されるよう、暗黙のうちに定められていた。

家格の点から鑑みれば、八代将軍職は尾張・継友が継承すべき立場にあったわけである。が、現実は、幕府内の派閥争いなどがからんで、八代将軍職は紀州藩主・吉宗が継承する。

征夷大将軍である徳川宗家と尾張徳川家と紀州徳川家との諍いが、

なかったとは言い難い。隠しきれずに表ざたになったものも数多くある。そのひとつが、吉宗・継友の八代将軍職継承をめぐる争いであったのだ。

宗春が尾張徳川家を継いだのは享保十五年（一七三〇）、吉宗が八代将軍となって十五年目のことであった。尾張徳川家の親戚にあたる陸奥国・梁川三万石へ養子に出され、藩主となった宗春は、異母兄・継友の死によって、尾張徳川家の七代藩主を継ぐことになった。梁川藩主になって半年目のことである。

藩主になった宗春は、『温知政要』なる冊子を藩内に配布した。宗春は荻生徂徠の教えを信奉していた。『温知政要』は、荻生徂徠の教えを下敷きにした二十一カ条からなる、藩主としての抱負経綸、藩士としての心得などを記したものであった。

宗春は、この『温知政要』を豪華本に装幀して吉宗に献上した。

宗春は、吉原に通いつめて遊女を身請けして愛妾にしたほどの、典型的な遊び人であった。宗春の持論は、

「人間は真面目だけでは駄目。遊ぶ楽しみがあってこそ仕事にも身が入ろうというもの。ことに性欲においては、食欲と同じく本能に帰するものであるから、これを十二分に満足させないと欲求不満がこうじて、良家の子女といえどもふしだ

らな行為に走りかねない。おおいに遊ぶべし」

というものであった。

宗春の持論を文章化した『温知政要』は、吉宗の政への批判に満ち満ちていた。吉宗は、この『温知政要』献上を、宗春の挑戦状ととった。が、宗春は御三家のひとつ、尾張家の当主である。いかに将軍といえども、怒りにまかせて処断できる相手ではなかった。

吉宗の我慢を逆撫でするかのように、宗春は、おのれの持論を次々と現実化していった。藩祖・義直公以来、代々禁じられてきた遊郭・芝居小屋の開業を許認した宗春は、祭礼も盛大に行うよう布達した。

さらに、宗春は、初のお国入りのさいにも吉宗を挑発するような行動をとった。白牛に騎乗した宗春は、浅葱色の頭巾をつけ、鼈甲の丸笠に、黒一色の絹の衣服といった、華美・贅沢を具現化した出立で名古屋城へ入った。奢侈を禁じた幕政への、明らかな挑戦であった。

が、享保十七年（一七三二）、後世に「享保尾州上使留」とつたえられる、将軍・吉宗がつかわした小姓組番頭・滝川播磨守元長と目付・石川庄九郎政朝による宗春への詰問が行われた。

事の起こりは、江戸・市ヶ谷の尾張藩上屋敷で宗春が行った、嫡子の端午(たんご)の節句の祝いである。宗春は、庭に家康下賜(かし)の旗をはじめ多数の旗・幟(のぼり)を立てて、豪勢に催した祝宴を、町人たちにも見学させたのである。

　吉宗の政策に、江戸中が質素倹約な暮らしを強(し)いられていた時世である。この派手な節句祝いは江戸っ子たちの間で大評判となった。押しかけた群集の整理もままならず、怪我人が出たほどであった。

「懼(おそ)れ多くも、東照大権現・家康公の下しおかれた旗まで町人に見物させるとは何事。国元ならいざしらず、将軍家御膝元の江戸で物見遊山を繰り返すはいかなる料簡。将軍家の節倹令を率先してまもるべき立場にあるのが御三家でござろう。不届至極と申すべきこと」

　との吉宗の譴責(けんせき)をつたえた使者に、宗春は、

「国元でいいことが、江戸で行ってはならぬということが、よくわからぬ。そもそも、おぬしたちが上使と名乗ることからして心得違いである」

　と、滝川元長らを睨み据え、さらに吉宗の政策批判をつづけた。滝川らは、御三家の尾張徳川家の藩主・宗春に逆らうわけにもいかず、這々(ほうほう)の体(てい)で尾張藩上屋敷を後にした。

滝川らの復申を受けた吉宗は、うむ、とうなずいただけで、一言も発しなかった。

尾州上使留の一件から、すでに二年にならんとしていた。宗春が尾張家を相続してのちの経緯から推考すると、尾張血判状にかかわる宗春謀反の噂は、何の根拠もない、たんなる流布の類(たぐい)、と簡単に否定しきれないほどのものが、根底にあったのである。

探索を命じたあと、牧野備後守は、あらためて隼人を見据えた。

「仙石隼人、予のもとに、尾張名古屋に潜みおる草より、奇妙な噂が報告されておる」

草、とは親子代々、長年にわたって探索先に住みついた、公儀が送り込んだ忍びの者のことをさす。

隼人は、黙然と、牧野を見つめた。父・武兵衛にかかわる悪い噂、と隼人の直感が告げていた。牧野は、低い声でつづけた。

「尾張名古屋の遊郭で、［千石船のお大尽］と呼ばれている遊び人がいるそうだ。どこの何者か正体は不明だ。が、つねに尾張家の重臣が側(そば)にいて、歓待しているという」

隼人は、此度の探索がなぜ引き続き仙石家に命じられたか、その真意が、この一点にある、と推断した。

「牧野様は、千石船のお大尽がわが父・仙石武兵衛ではないか、とお疑いなのでは？」

「そうはいってはおらぬ。ただ」

「ただ、何事でござる」

そういった隼人の片頬に、不敵な笑みが浮かんだ。

「某は、奥歯に物が挟まったような話は苦手でござる。もし、千石船のお大尽が父・武兵衛ならば、任務を忘れた虚け者として成敗いたす所存。もし任務の途上、武運つたなく斃れていたとしたら、草の根分けても仇を探し出し、討ち果たす。そう決めており申す」

「武士道、地に落ちず。吉宗、よき側目付を得て、満足に思うぞ」

吉宗が、感に堪えないといった様子で、大きくうなずいた。控える大岡忠相が、さりげなくいった。

「仙石殿。時においては、逃げの一手が最高の策ということもある。探索の途上においては、無用の喧嘩沙汰は慎まれるがよい」

大岡忠相のことばには、隼人の行状、すべて調べ尽くした、との意がこめられていた。言外に、隼人の不行跡を咎めているということが、見つめる大岡の凍えきった眼光から、十二分に推量できた。

「ご忠告、肝に銘じておきまする」

牧野備後守がたたみ込んだ。

「で、いつ尾張へ発つ?」

「そのことは、某におまかせくだされ。探索の手立てについては、誰にも口は挟ませませぬ。たとえ、上様の御命令があったとしても、某の勝手とさせていただきまする」

「それでよい。予の代理を務める側目付だ。すべて、まかせる。将軍家に仇なす者あらば、何人といえども容赦はいらぬ。斬って捨てよ。たとえ、相手が徳川一門であっても例外ではない」

「は。思う存分、我が務め、果たさせていただきまする」

隼人は、深々と平伏した。

黒雲街道

一

尾張血判状にからむ探索を命じられた隼人は、尾張名古屋に旅立とうともせず、下谷廣小路から上野山下、両国廣小路をぶらぶらと徘徊した。土地のごろつきどもの喧嘩に顔を突っ込み、仲裁料をせしめるなど、相変わらずの暮らしをつづけている。

将軍吉宗に拝謁して、すでに数日が経過していた。

解せぬ隼人の行動といえた。解せぬといえば、隼人が、水戸藩士と名乗る武士たちから尾行され、あげく、二度にわたる血闘を繰り広げたにもかかわらず、吉宗らに一言も告げなかった行為も、解せぬことといえた。

隼人は、三村礼二郎が、正真正銘の水戸藩士である、との疑念を捨ててはいなかった。もし、三村が水戸藩士だとすれば、尾張・宗春の企む謀反に、水戸家が加担しているということになる。

何の確証もないが、水戸家に謀反の疑いがある、と言い立てたときに、吉宗がいかなる反応を示すか。隼人には、その動きが手に取るように推測できた。

おそらく吉宗は、水戸家も尾張家と腹を同一にし、幕府転覆を謀る陰謀をめぐらしている、との疑心暗鬼におちいり、紀州徳川家との連携を深める動きを、ひそかに推し進めるに相違ないのだ。

(上様のその動きは徳川一族を、さらに諸大名をも二分し、相争う結果を招くだけだ)

隼人は、そう考えていた。それでなくとも、吉宗の政の手法には、多くの悪評が流布されている。それらの噂は、最終的には、

「八代将軍・吉宗様は、紀州藩主時代の縁故・配下を重く用いられる」

との一点に集約された。事実、江戸南町奉行に任命された大岡越前守忠相は、伊勢国・山田奉行時代に、当時、紀州藩主だった吉宗相手の紛争にのぞんで一歩も譲らず、公正な裁きをくだした才腕を買われて重用された。

さらに、吉宗は、秘密裡の探索を任務とする伊賀・甲賀・黒鍬組が、東照大権

現・家康公以来、幕府の組織として設けられていたにもかかわらず、紀州藩直属の忍び衆を引き連れて江戸城に乗り込み、お庭番と名付け、吉宗直属の探索機関として、おおいに活用していた。

そんな吉宗の紀州徳川家がらみの人材重用の動きに、幕閣要人の間には、ふつふつと不満の声が上がり、途絶えることがなかった。隼人の耳にも、不平分子と評される大名たちの名が、洩れ聞こえてくるほどであった。

隼人の、数日にわたる盛り場彷徨（ほうこう）は、水戸家の出方を見るためのものであったが、何の異変も起こらなかった。

（このまま江戸で水戸家の出方を待つわけにはいかぬ。尾張名古屋へ旅立てば、敵も、それなりの動きをするはず）

そう推考した隼人は、喜右衛門（きえもん）に、

「しばらく、戻らぬ」

とだけ言い置いて、屋敷を出た。着流しに、腰に二本の刀を差しただけの、ふらりと近くの盛り場へでも出かけるとしか見えない、隼人の出立（いでたち）だった。

喜右衛門は、

「そろそろ探索の旅へ出かけねばなりますまい。このままでは、御上よりお咎（とが）め

があるは必定」

と心配げな面差しで隼人を見送った。

隼人の胴巻きには、支度金として幕府から下賜された三百両がおさめられていた。

下谷廣小路へ出た隼人は、忍川に架かる三筋の橋、三橋を渡り、上野山下の、東叡山・寛永寺黒門前の三叉路を左へ折れ、不忍池沿いに歩みをすすめた。

不忍池に浮かぶ小島に、不忍弁天と江戸っ子たちから呼ばれ親しまれている天龍山生池院の本尊・不忍弁財天を祀る弁天堂が優雅な姿をとどめている。

隼人は、足を止めた。しばし、弁天堂をながめる。事と次第によっては二度と見ることのない弁天堂であった。

ふう、と隼人は軽く息を吐いた。胸中にひろがりかけた感傷を吹き飛ばすための行為であった。

(いままでは、親父殿がいた。そのお陰でおれは、喧嘩三昧、やりたい放題の暮らしをつづけることができたのだ)

不意に湧き出てきた父・武兵衛へのおもいに、正直、隼人はとまどっていた。

仙石家の家督を継ぎ、側目付として探索の旅に出る。が、此度の旅はそれだけが目的ではない、とのおもいが、隼人のなかにはあった。

（千石船のお大尽が親父殿だ、と牧野備後守は言外にいっていたのだ）

いままで、どちらかといえば嫌いな部類に入る存在の、武兵衛だった。毎朝の
小野派一刀流の鍊磨だけは、厳しく強いた父でもあった。

「どんなにつらくとも剣術だけは極めねばならぬ。それが仙石の家に生まれた男の宿命なのだ。妥協は許さぬ」

凄まじい修業の日々であった。隼人のなかの武兵衛の記憶は、ただ、つらいことを強いられた相手、ということだけだった。そのくせ、自分の好きな芸事だけはちゃんと楽しんでいる。そんな父に、不平不満のおもいを抱きこそすれ、親しみなど感じたことのない隼人だった。

それが、牧野備後守が父の裏切り行為を口にしたときから急変し、いまでは、

（親父殿の汚名、晴らさずにはおかぬ）

とのゆるぎない決意を固めている。

「行くか」

さまざまな思いを吹っ切るかのような隼人の声音だった。隼人は、悠然と、歩みをすすめた。

善光寺門前町の三叉路を左折した隼人は根津権現へ抜け、道なりにすすんだ。突き当たったところは、中山道・追分元町であった。

追分元町を右へ折れた隼人は、のんびりと歩きつづけた。後をつけてくる者がいたら、隼人の歩みは、旅に出る者の動きではない、と判断するに違いなかった。

白山前を左に曲がった隼人は、白山権現へ詣でて、門前の蕎麦屋で、蕎麦を食した。

中山道第一宿の板橋宿に隼人がさしかかったときは暮六つ（午後六時）を過ぎていた。宿場の中央を流れる石神井川に板の橋が架かっていたことから板橋と名付けられたといわれる板橋宿には、飯盛り女と呼ばれる、給仕をしながら躰も売る宿場女郎が多くおり、

「たまには気分を変えて、あか抜けぬ、田舎めいた遊びもよかろう」

という江戸の遊び人たちが、ぶらりと足をのばす遊び場のひとつでもあった。

板橋宿の手前で、王子稲荷や王子権現へ向かう王子道が中山道から分岐しており、板橋宿は、王子権現へ詣でた男たちの、精進落としのための遊び場ともなっていた。

隼人は、客引きの飯盛り女にさそわれるまま、新藤楼という旅籠へ足を踏み入れた。すでに、隼人は数組の尾行者に気がついていた。飯盛り女がいる旅籠へ入ることで、早発ちなどあるまい、と尾行の者たちに思い込ませるための手立てであった。

隼人自身は、明日は早発ち、と定めていた。早発ちすることで、尾行する者たちの形が、はっきりと見えてくるはずであった。

二

尾張名古屋へ向かうには、江戸日本橋を起点として南下する東海道と、北上する中山道をたどる二とおりの道筋があった。

隼人が、

「中山道を行く」

と決めたのには理由があった。中山道は、尾張藩が参勤交代で用いる、いわば、江戸へ下る、公用の道ともいうべき街道である。木曾谷は尾張藩の領地であり、中山道は、御三家の一つである尾張藩にとって、まさしく、おのが権勢下にある街道といっても過言ではなかった。

隼人は、あえて、尾張藩の警備の網の目が張りめぐらされている中山道を旅することにより、宗春謀反の気配を、東海道をたどったときより早めに感じ取ることができ得る、と考えていた。

中山道は江戸から京都に至る街道で、六十九次あり、近江国の草津宿で東海道と合流する。江戸から京都までの距離は百三十五里三十二町八間（けん）で、東海道（百二十六里六町一間）より九里二十六町（約三十八キロ）長かった。


板橋宿を暁七つ（午前四時）に出た隼人は、星明かりの中山道を一路、尾張名古屋への道を急いだ。

板橋から、「戸田の渡し」の渡し船で戸田川を渡り、蕨（わらび）、浦和、大宮と旅をつづけた隼人は、中山道五次めの宿場である上尾（あげお）にさしかかったころ、見覚えのある二人の姿を背後に認めた。

荷を背負い道中差を差した、三十代半ばとおもわれる小商人風（こあきんどふう）の男と二十二、三に見える鳥追女（とりおいおんな）であった。

鳥追女は板橋宿では、商いのための門付けをすることもなく、隼人が宿をとった新藤楼の向かい側の、石橋屋という旅籠に入ったきり出てこなかった。

小商人風の男は、不敵にも隼人が泊まった新藤楼に上がり込み、階段を上ってすぐの座敷に泊まり込んだ。このことを、隼人は、飯を運んできた飯盛り女に一分銀を渡して、密かに調べてもらっている。

板橋の新藤楼を出てからの隼人は、それまでとはうってかわって、かなりの早足で歩いてきた。板橋から上尾までは六里三十四町（約二十六キロ）の道のりである。隼人からほぼ二刻（四時間）ほど遅れて板橋を出立したとおもわれる鳥追女や小商人風の男が、暮六つにならんとするころに隼人に追いついてきた、ということは、休みなしに歩いてきた、ということを意味していた。

隼人は、大宮宿の古着屋で着物を着替えていた。褌などは使い捨てるつもりで旅に出た隼人である。いままで着ていた着物を売り、上から下まで別の衣服に変えている隼人を、小商人風の男と鳥追女が見いだしているとはおもえなかった。

今夜の泊まりは上尾宿と決めていた隼人は、ふいと浮いた悪戯心を抑えることができなかった。

上尾宿には多数の旅籠があり、それぞれが飯盛り女をかかえて賑わっていた。

隼人は宿場はずれの一膳飯屋に入り、窓際に座った。格子窓から街道を行く旅人たちの顔が見極められる場所であった。

山菜煮を肴（さかな）に一杯やりはじめたころ、鳥追女がやってきた。編笠の下からのぞいた顔は、色白の、なかなかの美形とみえた。軽く足を引きずっている。立ち止まって溜息（ためいき）をついた様子からみても、旅慣れているとは、とても思えなかった。鳥追女は、客引きをする飯盛り女たちの間をすり抜け、商人宿とおぼしき旅籠へ入っていた。

鳥追女から少し遅れて、小商人風の男がやってきた。油断なく周囲に視線を走らせている。色黒で髭（ひげ）の濃い、ぎょろりとした目の馬面（うまづら）の顔の真ん中に、少しひん曲がった鼻が鎮座していた。出っ歯気味なのか、ひょっとこの面をおもわせる口もとを固く閉じている。愛嬌のある顔つきであった。隼人には、馴染んだ形の男だった。

馴染んだ形……。隼人が、喧嘩相手にしたり、ときには遊び仲間にした下谷や両国、柳橋の廣小路などで馴染んだごろつきどもと同じ臭いを、男は持ち合わせていた。

一膳飯屋の前を男が通り過ぎたのを見とどけた隼人は、ゆっくりと立ち上がった。

旅籠の前で、男は飯盛り女に何やら話しかけていた。どうやら隼人のことを聞き込んでいるようだった。飯盛り女が、知らない、と首を振っている。軽く手を振って歩き去る男に、女が悪態(あくたい)をついた。男はそんな飯盛り女を振り返りもせず、腕をからめてきた別の飯盛り女と話している。飯盛り女の手を振り払って、男が歩き去る。飯盛り女が悪態をつく。

そんなことが何回か繰り返された。隼人は町家の蔭にたたずんで、男の様子を眺めていた。そろそろ頃合いだった。隼人自身、声をかけてくる飯盛り女のあしらいが、多少面倒くさくなってもいた。隼人は飯盛り女たちを振り払いながら、男に向かって歩をすすめた。

「旅籠　鍬屋(くわや)」と書かれた軒行燈(のきあんどん)に灯(あか)りが灯(とも)っている。男は飯盛り女に腕をとられながら喋っていた。その男の脇に、すっと隼人が近寄った。

「世話になるよ」

声をかけた隼人に、男の腕をとった飯盛り女がすり寄った。

隼人を見たときの、男の顔の変わりようは見物だった。口をあんぐりと開け、棒立ちとなっていた。

隼人が男に笑いかけて、いった。

「どうだい兄さん、隣り合って泊まっちゃ。まんざら知らぬ仲でもあるまい」

隼人の気合いに呑まれたか、男はおもわずうなずいていた。

鍬屋の二階の座敷で、隼人と男は、夕餉の膳を前に酒を酌みかわしていた。

「与八、といいやす」

男が、ぽつりといった。男がはじめて発したことばだった。隼人は、男のするがままにまかせていた。

「与八？」

隼人には、その名に聞き覚えがあった。

「十年ほど前、両国の軽業小屋に与八という名の、曲乗りと礫打ちを売り物とする軽業師がいた。地回りのやくざと矢場の女を取り合って怪我をさせ、自ら名乗り出て、所払いとなったと聞いているが……」

与八は黙っている。隼人はつづけた。

「罪を償って江戸へ戻ってきた与八は、名乗り出たときに面倒をみてくれた同心に請われて、手先となり、岡っ引を務めている」

瞬間、与八が横転し、逃れようとした。が、隼人は、動かない。動かないどころか手酌で盃を傾けていた。

いつでも廊下に転がり出られるように腰板障子の前で身構えた与八が、呆気にとられた。

「旦那ぁ……」

明らかに、気が抜けていた。

「まあ呑め。たぶん大岡越前守あたりが、おれを見張れ、とでも命じたのであろうが、ご苦労なこった」

与八は、膳の前に座り直した。

「図星で。まいったね。これじゃ見張りにならねえ」

与八も手酌でやりはじめた。

「好きにするさ。江戸に戻るもよし。おれにぴったり張りついて、気が向いたらおれの務めを手伝うもよし。気分次第だ。ま、敵でないことがわかっただけでも気が楽ってことだな」

隼人が、にやりと笑いかけた。鋭さと優しさが同居する、悪戯小僧が、肚を割った仲間に向けたような、翳りのない微笑みだった。

気合い負けするものか、と、気張って隼人を真正面から見据えていた与八の、盃を持つ手が止まった。

完全に、隼人に呑まれていた。

与八は黙ったまま、視線を、手にした猪口(ちょこ)に移した。

「……気分次第に、させていただきやす」

与八は、一気に酒を飲み干した。

三

与八は、鍬屋を出たあと、隼人とは別行動をとった。

「あっしも、変わり身の与八と呼ばれる、少しは顔の売れた男でございやす。見張り役としては、せめて格好だけでも見張りらしい動きをしたいんで」

と別れ際に、そういったものだった。

隼人は、何もいわない。いつものもの、翳(かげ)りのない悪戯(いたずら)小僧の笑みを浮かべて、ただうなずいただけだった。

後は与八の勝手と決めたのか、振り返りもせずに前をゆく隼人の後ろ姿を見ながら、与八は首を傾げてつぶやいた。

「まいったね。どうやら、おれは、仙石の旦那を手伝うことになりそうだぜ」

正直なところ、与八は、隼人と一緒に旅をつづけてもいい、とおもっていた。

が、それでは、

「あまりにも、やすっぽく見えそうな気がしやしてね。あっしにも、見栄を張りたいときがありますのさ」

と、のちに与八が隼人に語ったように、そのときは、別の動きをしたかっただけの、気分次第のことだったのだ。

与八はすでに、背負った荷は宿に捨ててきていた。荷のなかには振り分け荷に詰めた着替えや旅の道具が入れてあっただけだった。小商人に化ける必要のなくなった与八は、道中差一本を腰に差した、やくざ者としか見えない格好をしている。与八の出立を見た隼人は、

「そのほうがおまえらしい。おれ同様、ごろつき暮らしが性に合ってる口だな」

といったものだった。

隼人とのやりとりを思い出しながら歩いていく与八には、気がかりなことがあった。江戸から隼人の後をつけてくる鳥追女のことであった。その鳥追女は与八

の後から、見え隠れについてきている。

「どこのどいつの手先かしれねえが、厄介なこったぜ」

与八は、自分がつけられているような気がして無性に腹が立った。苛立たしげに、唾を地面に吐き捨てた。

（変わり身の与八が大岡越前守の送り込んだ見張り役だということは、まず間違いあるまい。あの類の男は、一度気持が触れ合ったら、決して嘘はつかない。おれが両国廣小路あたりで知り合ったごろつきどももそうだった。おれの敵にはまわらぬ）

隼人は与八のことを、そう判断していた。

（鳥追女のほうも敵意はあるまい）

と、隼人は推考していた。旅慣れていないことは明らかだった。おそらく、誰かに命じられて隼人をつけているのだろうが、探索の邪魔になることはなさそうだった。

（いずれ、わかることだ）

隼人は、鳥追女のことを考えることをやめた。

隼人は、上尾から桶川を過ぎ、鴻巣へさしかかった。

鴻巣は雛人形の産地として知られていた。江戸十間店、武州越谷、鴻巣で開かれる雛市は、［関東の三大雛市］といわれ、それぞれ繁昌をきわめていた。

宿場の、人形店が建ち並ぶ一角に隼人がさしかかったとき、行く手を塞ぐ人だかりのなかから女の悲鳴があがった。

と、人だかりが割れ、旅姿の手代とおぼしき男が、やはり旅姿の十七、八の町娘と五歳ぐらいの男の子をかばって、必死に身構える姿が垣間見えた。

旅姿のやくざ者十数人が、半円になって取り囲んでいた。兄貴株のやくざが長脇差を引き抜いた。やくざ者たちが一斉に刀を抜き連れる。

「いかん」

おもわず声を発した隼人は、小走りに騒ぎの輪に向かった。

が、わずかに遅れた。

刀を抜いて迫るやくざに向かって、護身のために腰に帯びていた道中差を抜いた手代が、へっぴり腰で斬りかかった。

しょせん手代は、喧嘩に慣れたやくざどもの敵ではなかった。袈裟懸けに長脇差を振り下ろした兄貴株の一撃に、手代は肩を斬り裂かれ、朱に染まって倒れた。

悲鳴をあげた町娘の手をやくざ者が摑んだ。

「野郎ども、ガキをひっつかまえろ」

うなずいたやくざどもが男の子に駈け寄った。捕まえようとしたやくざの手をしたたかに刀の鞘で叩き打った者がいた。

隼人だった。

激痛に呻いてやくざが転倒するのと、隼人が兄貴株の肩口に鞘を叩きつけるのが同時だった。

呻いて転倒した兄貴株は、そのまま動かなかった。気絶している。

町娘と男の子を背後にかばった隼人が、やくざどもを睨み据えた。

「斬るぜ」

隼人は、肩にかついだ刀の鯉口を切った。やくざどもの間に、動揺が走った。

顔を見合わせるや、横たわる兄貴株を見捨てて、脱兎の如く逃げ去った。

小半刻（三十分）後、立場茶屋の縁台に座った隼人は、町娘や男の子から襲われた経緯を聞き出していた。

手代は宿場の町医者のもとへ運び込まれ、治療を受けて、一命を取りとめていた。兄貴株のやくざは、すでに宿役人に捕らえられ、番屋に留め置かれている。

すべて与八が手配した結果のことであった。

「こいつは、あっしの本職つながりのことで。気分が乗りやしたんで、仕切らせてもらいやす」

与八は、そういっててきぱきと事を処理したのだった。そのくせ与八は、隼人と同座しようとはせず、少し離れた縁台に腰かけて、煙管を取り出して煙草をふかしている。不思議なのは、鳥追女の動きであった。堂々と隼人たちのいる立場茶屋へ入ってきて、一番奥の縁台に座って、奥を向いて座っている。聞き耳をたてているのは明らかだった。

しかし、隼人は鳥追女のことなど気にもかけていなかった。町娘たちと、まわりに何ら気兼ねすることなく話をしている。秘密など、どこにもないといった隼人の素振りだった。

娘はお千代、男の子の名は松吉といい、熊谷宿の織物問屋・上州屋の娘と跡取り息子であった。

お千代の話によると、お千代の父上州屋浅右衛門が忍藩から認許されている、熊谷の絹木綿の売買を取り仕切る六斎市の差配権を我がものにしようと、謀略をめぐらしている土地のやくざ大熊の岩五郎が、何かと悪さを仕掛けてくるというのだ。

大熊の岩五郎の背後には忍藩の物産方差配が控えており、手を組んで暴利を貪(むさぼ)ろうとしていた。手段を選ばぬ岩五郎の嫌がらせが次第に露骨になってきたことに尋常でないものを感じた浅右衛門は、江戸の知り合いにお千代と松吉を預けて、子供たちの身の安全を図ろうとし、手代の亥吉(いのきち)をつけて旅立たせたのだった。

話を聞いていた隼人は、うむ、とうなずくなり、あっさりといった。

「多勢に無勢。あんまり汚いやり口なんで、ついつい見過ごせなくて手を出したんだが、これ以上の関わりは、勘弁してくんな」

お千代と松吉は顔を見合わせ、悄然(しょうぜん)と肩を落とした。不安が、全身から滲み出ていた。

隼人は、そんなお千代と松吉の変化には無頓着につづけた。

「おれは江戸から来た。ぶらぶらと中山道を上る旅だ。熊谷なら通り道、送りとどけてやるが」

お千代と松吉の顔に喜色が走った。

「お願いします」

お千代が頭を下げ、顔をあげたままの松吉の頭をあわてて押さえて、頭を下げさせた。

「熊谷まで四里六町四十間。七つ半（午後五時）には、なんとかたどり着くだろう」

のんびりと茶をすする隼人に、ちらりと視線を走らせた与八は、おもわず、つぶやいていた。

「何を考えてるんだ。これじゃ、まるで物見遊山の旅じゃねえか」

読みきれぬ隼人の動きに焦れた与八は、ぽんと煙管を縁台に叩きつけ、灰を落とした。

鳥追女も、また、与八と同じおもいを抱いていた。鳥追女は、やぶれかぶれというか、つかみどころのない、それでいて大胆不敵な動きをする隼人に興味を抱きはじめたのか、呆気にとられて目を向けている。

お千代と松吉を連れた隼人は、中山道をのんびりと熊谷へ向かっていた。少し離れて与八が、さらに、見え隠れする程度の隔たりをおいて鳥追女がつづいた。

晴れ渡った空の彼方に、富士山が稜線を際だたせて聳えていた。元荒川の蛇行跡に沿って中山道がのびている。街道の両脇には、榎の並木が連なり、左右には田地がひろがっていた。

もとは堤であったとおもわれるあたりに、集落が見いだせた。鴻巣と熊谷の間(あい)の宿の、吹上村であった。熊谷まで半ば以上すすんだことになる。

四

熊谷宿では、忍藩目付・北村栄三郎が配下の者十数人に下知を飛ばしていた。すでに何カ所かに、手配の者が配置されていた。つねにない厳重な警戒ぶりであった。道行く町人たちは、隊列を組み、通りを睥睨(へいげい)して歩く警固の侍たちを不安げに見送った。

熊谷には、忍藩の熊谷差配のための陣屋が設けてあり、忍陣屋と呼ばれていた。事の起こりは忍陣屋に投げ込まれた一通の書面だった。書面には、

「幕府の隠密が浪人に姿を変え、忍藩探索のため、熊谷潜入の動きあり。用心されたし」

と記されてあった。

忍藩には、糾弾されるようなことは何ひとつなかった。が、騒動の種は、どこに転がっているかわからぬ、と推量した北村が、国家老と相談の上、念を入れて手配したことであった。

隼人たちは、熊谷堤と呼ばれる土手道にさしかかっていた。右手に見える荒川が夕陽を浴びて、茜色（あかねいろ）のしぶきをうねらせながら、流れていく。

熊谷宿の入口に建つ立場茶屋〈みかりや茶屋〉の老爺（ろうや）が、店じまいなのか、「うんとん（うどん）」、「あんころ」と文字の書かれた置看板を、茶屋の中へ片づけていた。

熊谷宿のはずれにあたる立場（たてば）久米村へ入ってきた隼人たち一行は、みかりや茶屋の前で、北村らに行く手を塞がれた。

「おぬし、どこから来た」

北村が居丈高（いたけだか）に、隼人に迫った。

「江戸だ」

のんびりした隼人の口調だった。

「江戸だと」

一瞬、北村の面に殺気が走ったのを、隼人は見逃さなかった。

「剣呑な話になりそうだな。もし、おれが幕府の隠密だったらどうする？」

疑惑をあからさまに口にする隼人に度肝を抜かれたのは、北村ら忍陣屋の面々だけではなかった。榎の蔭に身を潜めて、成り行きを見守っている与八も同じだった。

(どういう神経してるんだ。側目付も、やるこたぁ隠密と変わらねえじゃねえか。てめえから正体ばらして、どうすんだい)

与八は、大きく舌打ちしたい気分だった。

(どうにもこうにも、仙石の旦那のやることは、よくわからねえ)

与八は、そうもおもっていた。

「愚弄するか。陣屋まで来い」

北村が吠えた。

「断る。おれには用事がある。つきあう時間がない。通らせてもらうぞ」

足を踏み出した隼人に、

「逃がさん」

叫んで、役人のひとりが刀を抜いた。つられたのか十数人の役人たちが一斉に刀を抜き放った。

「無用な喧嘩はしたくない。だが、身に降りかかる火の粉は払う主義でな。おれは、これで相手をする」

　隼人は腰から、鞘ごと刀を引き抜いた。裂帛の気合いを発して打ちかかってきた役人の肩を、隼人はしたたかに打ち据えた。呻いて転倒した役人には目もくれず、

「おれのそばを離れるな」

と、隼人は、お千代と松吉を背後にかばった。

そのとき、身軽な動きで、隼人の背後に駈け寄った者がいた。与八だった。

「旦那、娘さんたちはあっしが預かりますぜ。存分におやりなせえ」

「気が乗ったか」

　隼人の言葉に与八は、

「へい」

と唇を歪めて、微かに笑った。笑うと出っ歯気味の唇がとんがって、ますますひょっとこの面に似てくる。この顔つきなら、どんな窮地に陥っても余裕のある顔つきに見えるだろう。得な顔つきだ、と隼人は唐突にそうおもった。

「頼みがある。預かりついでに、この娘たちを上州屋まで送りとどけてくれ」

「旦那は？」

「行く先は決まっている。適当に追いかけてこい」

いうなり、隼人は、包囲の輪を縮めてくる北村らに斬りかかっていった。北村を攻めまくり、一気に、みかりや茶屋から遠ざかる。役人たちも隼人のその動きにつれて、追い走った。すべてが、与八の脱出を助ける隼人の作戦だった。

隼人の動きを見極めた与八は、お千代と松吉を連れてみかりや茶屋の裏手にまわった。街道に抜け出たとき、与八は松吉を背負っていた。

「息のつづくかぎり、走るんだ」

与八のことばに、お千代は黙ってうなずいた。

鳥追女はみかりや茶屋の蔭に身を潜め、隼人の戦いぶりを眺めていた。

(なんて人だ。まるで、喧嘩三昧(ざんまい)の江戸での暮らしぶりと同じじゃないか)

鳥追女は、半ば呆(あき)れかえっていた。

いつのまにか旅人や仕事帰りの農民が、遠巻きに乱闘を眺めていた。

隼人は斬り結びながら、ふたたび、みかりや茶屋の前へ戻ってきていた。与八たちから役人の目をそらすための動きであった。すでに、役人の半数は隼人から鞘で打ち据えられ気絶して、地に伏していた。

「おれを、隠密かもしれぬと、なぜ疑った。その理由をいえ。いわねば刀の鯉口を切る」

迫った隼人に、あわてて、北村が応じた。

「投げ文だ。陣屋に、投げ文があった」

「おれは直参旗本三百石小普請組・仙石隼人。尾張の熱田神宮詣での旅をつづけるもの。身分をしめす書付も所持している。改められるか」

「いや。決して刀を抜こうとなされぬ仙石殿の動きで、わかり申した。仙石殿は忍藩に仇なすお方ではない、ということがな」

北村は、刀を鞘におさめた。

「刀を鞘におさめるには、まだ早い」

隼人の言葉に、北村が、

「は?」

と問い直したとき、

「そこな担売、おれの暴れぶり、見極めたか」

吠えた隼人が小柄を投じた。野次馬のなかの、荷を背負った担売に向かって、小柄が飛んだ。

担売の動きは迅速だった。背負った荷を解きざま、小柄に向かって放り投げた。

小柄が荷に突き立つ。見事に、荷を盾がわりに利していた。鮮やかな手並みといえた。同時に、担売は数回後転して、逃げ走った。

「あの動き、いかが見られる。追われよ」

隼人の声に、虚をつかれて棒立ちになっていた北村らが我に返った。

「まさしく忍びの所作。追え。逃がすな」

北村の下知に、役人たちは担売の後を追った。北村は、隼人に向き直った。

「非礼をお詫びいたさねばならぬ。なにとぞ穏便におすませ願いたい」

隼人は、正面から北村を見据えた。

「疑いが晴れたとは思わぬ。追いたくば追ってこられよ。中山道を、旅の道筋と定めておる」

「なぜ中山道を選ばれた？」

隼人が、皮肉な笑みを浮かべて、北村を見つめた。

「語るに落ちるとは、まさしくこのことでござるな、北村殿」

北村の顔に動揺が走った。あわてて、手を上げて、何度も横に振った。

「誤解されるな。他意はござらぬ」

「以前、熊野三社詣での折り、東海道をたどった。別の風景に出会いたかっただけのことだ」

事実、隼人は深川を縄張りとするやくざの親分と熊野三社に詣でていた。いかさま博奕を得意とする親分で、隼人はこの旅で、いかさま博奕の手口のほとんどを修得してしまった。親分にいわせると、

「いかさまを見破るには、てめえが、まず、いかさまをやってみて、会得することが大事で。隼人さんは、覚えが早え。武士にしとくにゃ惜しい腕だよ」

と、妙なほめられ方をされたものだった。この旅以降、隼人は、博奕に負けたことがない。壺振りなどの動きには、それぞれ癖があり、丁目を出すときは丁目を振り出す動きをする、ということが見極められたからだった。

「博奕打ちがいかさまだけをやって、泡銭をせしめるのはよくねえ。博奕好きの旦那衆に適当に遊んでもらって、相応の遊ばせ代をとる。それが賭場を仕切る博徒の王道ってもんだ。ツキにツキまくって、まともなやり方じゃ遊ばせ代をとるのが無理な旦那相手に使うのが、いかさまなんだよ」

奇妙な理屈だった。が、隼人は、

「賭場の胴元も、商いのひとつだからな。商いは儲けることを目的にやるものだ。損をするわけにはいかねえ」

その親分の一言で、へんに納得してしまった。その親分の仕切る賭場は、いかさまをやらないまっとうな賭場、との評判をとっており、金離れのいい旦那衆で繁昌していた。

以後、隼人は、小遣いがなくなると、賭場へ出向いては、やくざ者相手に遊ばせ代をとった。隼人は、支度金など受け取らなくとも十分な金を手に入れる職、いかさま博奕の技術を身につけていたのだ。

「もうひとつだけお訊ねしたい。仙石殿は、あの旅商人の奈辺を見て、忍びの者と見破られたのか」

北村の眼には、いい加減な答は許さぬ、との決意がみなぎっていた。隼人は面倒くさくなった。北村が納得する答を与えねばなるまい。このご仁、妙にねちっこい。隼人は、答を推し量った。すぐに、答が出た。

「戦いのさなか、おれは、旅商人の不思議な動きに気づいた。そう、このあたりのところは、武術の鍛錬を重ねた者にしかわからぬかもしれんがな」

隼人は、まじめな顔つきで北村を見つめた。わからぬとは困ったことだ、といいたげに、ふう、と溜息をついてみせた。

北村は、痩せても枯れても武士である。武術の腕を引き合いに出されると弱かった。

「そういわれてみれば……」

と黙り込み、うむ、と首を捻った。

「わかっていただけたか」

「あ、まあ……」

北村がことばを濁した。間髪を入れず、隼人はいった。

「それではこれにて御免。用があれば中山道を追ってこられよ。逃げ隠れはいたさぬ」

手にしていた大刀を腰に差した隼人は、足を踏みだした。

隼人は歩きながら推考していた。さっきの旅商人は、たしかに水戸藩士・三村礼二郎とともに隼人を襲った、勤番侍のひとりだった。三村の仲間である勤番侍が忍びの技を駆使して、隼人の攻撃を避け、逃れ去った。ということは、三村も忍びの者ということになりはしないか。

（水戸藩がひそかに忍びを雇い入れたかもしれぬ。それとも公儀直下の隠密組織・伊賀か甲賀、あるいは黒鍬……）

あり得ぬことではなかった。紀州から引き連れてきた人材を重用する吉宗が、紀州忍群のなかから選び出した探索組織、お庭番にたいする甲賀・伊賀・黒鍬組の者の不満は大きい、と聞いている。それらの不平分子が水戸藩と手を組んでもおかしくはなかった。

（すでに徳川家は勢力を二分されているのかもしれぬ）

徳川宗家と紀州家、尾張家と水戸家。血で血を洗う激烈な死闘が、すでに始まっているのだ。そうおもった隼人は、次の刹那（せつな）、おのれの頭のなかから、徳川一族のことなど吹き飛ばしていた。

（おれは、親父殿の行方を探索し、かけられた汚名を晴らして、生あらば救出し、もし死んでいれば、仇（かたき）を探し求めて、討つ。ただそれだけのために、旅に出たのだ）

隼人は前方を鋭く見据えた。熊谷宿でなすべきことが、いくつかあった。隼人は、悠然と歩をすすめた。

五

隼人は、上州屋の前にいた。［織物問屋　上州屋］との屋根看板が掲げられている。店構えから見て、熊谷でも一、二を争う大店であることがうかがえた。すでに店仕舞いが始まっていた。大戸を下ろしている手代がいる。隼人は、その手代に歩み寄った。

「当家の主人に通じてもらいたい。当家が蔵していると噂に聞く、隠し彫りを秘めた鍔を所望したい武士が来ている、とな」

「隠し彫りを秘めた鍔、でございますか」

訝しげな顔つきで、手代は問い直した。

「そうだ」

隼人はそれきり口を閉じた。お千代や松吉、まだ上州屋にとどまっているかもしれぬ与八の名を出せば、話が簡単なことは、隼人もわかっていた。が、隼人は、しかるべき手順を踏むと決めていた。隼人にとって、側目付の役向きにかかわる上州屋への訪れだった。

隼人は、お千代たちから上州屋の名を聞かされたとき、思いがけぬ偶然に、少なからず驚いていた。

上州屋浅右衛門こそは、公儀が送り込んだ草であった。上州屋のように商人に身を擬して各地に住み着いている草は、側目付に請われれば、探索のための資金を、無条件に提供する役割を命じられていたのである。

「隠し彫りを秘めた鍔を所望」

ということばこそ、草に、側目付がたずねて来たことを告げる合図であった。

はたして、手代から話を聞いた上州屋浅右衛門が、あたふたと、隼人を迎えに出てきた。四十代半ばの、色黒の、がっしりした体軀から見て、先祖代々引き継いできた任務を忘れず、武術の修業を怠っていないことがうかがわれた。

浅右衛門は隼人に、腰を屈めて挨拶した。

「奥へ、お入りくださいませ」

隼人は、目線で応えた。

奥の間で、柄頭を嵌め終えた隼人は、刀を鞘におさめた。

上州屋浅右衛門の前で、太刀の柄の目釘・目貫をはずし、鍔を刀身から外した隼人は、二重仕掛けの施された鍔をずらして、秘められた側目付落款を晒していた。

隼人の前には封印されていない小判五十両と、側目付落款に墨を塗りつけ、写し取った紙が置かれていた。浅右衛門は、側目付落款が転写された紙を手にとり、しげしげと見入った。

［此者(このもの)、将軍代理之側目付也　秀忠］

との文字と、秀忠の落款が転写されていた。

「わたしの代になって初めてでございます。側目付落款、このままとっておきたい気もいたしますが、定めにて、焼却仕(つかまつ)ります」

浅右衛門は側目付落款が写された紙を丸めて、行燈(あんどん)に近寄った。行燈を傾(かし)げて、紙を油皿に近づけ、火を付けた。煙草盆に紙を置く。紙は燃え上がり、黒い滓(かす)となって飛散し、灰と化した。

すべてが無言のうちに行われた。側目付落款を写し取った紙が、完全に燃えきったのを見とどけた浅右衛門は、隼人に視線を移した。

「完全に燃え尽きました。これで側目付様がこの家を訪れた証(あかし)はなくなりました」

うむ、とうなずいた隼人は、くだけた口調でいった。

「大熊の岩五郎というやくざの親分と、なにやら揉めているようだな」

「どうしてそれをご存じで」

「鴻巣で娘御たちをたすけた折り、聞いた」

浅右衛門の顔に驚きが浮かんだ。

「それでは、与八さんに娘を託された仙石様というご浪人は」

いいかけた浅右衛門は、はっ、と思い至った。

「これは迂闊でございました。仙石隼人と名乗られたときに気づくべきでございました」

「こじれて、上州屋の商いに影響が及べば、側目付の組織の、資金の流れを担う一端が崩れかねない。未然に防ぐべきだろうな」

「しかし、岩五郎の背後には、忍藩物産方差配笹井徳之助様が控えておられます。商人のわたしにはどうにも手の打ちようが」

「ふたりつるんでの悪巧みは、どちらか一方がいなくなればおさまるものよ」

「それでは、岩五郎を……」

「隠密裡といっても側目付はれっきとした公儀の役職。その組織の一端を害する者は公儀に仇なすもの。成敗も仕方あるまい」

浅右衛門は、隼人を見つめた。

「それでは仙石様が」

「仕方あるまい。このまま手をこまねいて厄介なこととなり、上州屋の屋台骨がぐらついた後に、公儀に此度のことが知れたときは、揉め事を見過ごしたと、われらが咎められることになりかねぬ。宮仕えとは、そんなものだ」

「……仙石様」

「あとで、岩五郎のことをおしえてくれ。それといまひとつ」

「なんでございましょう」

「おれのことを忍陣屋に投げ文した者がいる。どうやら忍びの者らしい。心当たりはないか」

浅右衛門は首を傾げた。いっていいものか迷っている風情だった。

「あるのだな」

隼人が、決めつけた。浅右衛門が、隼人を見つめた。

「担売に姿を変えた下野九六と申す伊賀三之組の者が、『近くへ来たので立ち寄った』と数日前にひょっこりまいりました。下野九六は、江戸の伊賀組組屋敷でわたしの叔父御の隣に住んでおりまして、何度かことばをかわしたことがあります」

「そ奴かもしれぬな、投げ文の主は」

「しかし、伊賀組は公儀御用を務める者、まかり間違ってもそのようなことは」

「いろいろあってな。おぬしは知らぬほうがよい」

浅右衛門は、口を噤んだ。それぞれが与えられた任務を果たす。相手の役務の中身については深く問い質さない、というのが、蔭の任務に就く者の、鉄則であった。

娘たちに会っていただきたい、と引き留める浅右衛門に、

「ただの行きずりの浪人のまま、すますのがよかろう。後々のこともある。長居は無用」

と、上州屋を後にした隼人は、浅右衛門から聞いた大熊の岩五郎の賭場へ向かった。

宿はずれにある岩五郎の賭場は繁昌していた。隼人は、ぶらり、と立ち寄った旅の浪人といった格好で丁半博奕を打った。いかさまの手つきも鮮やかな壷振りの腕で、岩五郎は濡れ手で粟、の稼ぎぶりだった。

損得なしの、適当な頃合いで勝負を切りあげた隼人は、賭場を後にした。胴元として賭場に睨みを利かせて座っていた岩五郎の顔を見覚えるための、賭場への出入りであった。隼人は、賭場の出入口が見通せる大木の蔭に身をひそめた。

一刻（二時間）ほど後、賭場が御開きになり客たちが引きあげた後、寺銭を入れた金箱を子分に持たせ岩五郎が出てきた。岩五郎の、満面笑み崩した顔つきからして、かなりの儲けがあった、と推量できた。

と、岩五郎と数人の子分たちの前方の木蔭から閃光が、きらり、と煌めくや、突然黒い影が飛びだしてきた。一陣の風に乗ったとしかおもえぬ、黒い影の動きであった。

岩五郎たちが呻きを発して相次いで倒れるのと、黒い影がすり抜けるのが、一瞬のことであった。

子分が取り落とした金箱の蓋が、地に落ちた衝撃で開き、派手な音を立てて、金がこぼれ落ちた。

その金を、むずと拾い集める者がいた。隼人であった。

隼人はすでに太刀を鞘におさめていた。岩五郎たちの骸を凝然と見下ろす。岩五郎たちは、ぴくりとも動かず、絶命しているのは明らかだった。

「命あるかぎり、世の中に害を撒き散らすことはあっても、いいことはせぬ奴らだ。金箱の金は、浮き世の塵、岩五郎一家の掃除代にもらっておく。そのほうが、物盗りの仕業と思われて、何かと好都合だしな」

金箱を小脇に抱えた隼人は、ゆっくりと、踵を返した。

陽炎流転

一

すでに深夜四つ半（午後十一時）を過ぎていた。

隼人は金箱から百両余の金を抜き取り、胴巻きに入れた。その折り、街道脇の山中に分け入る獣道に踏み入って、金箱を捨てていた。

熊谷宿から深谷宿までの距離は、二里二十七町（約十キロ）あった。隼人は、のんびりと中山道を歩いていく。

お地蔵さんが黒い影を浮き立たせていた。その向こうに、ぽつん、と小さな赤い光が見えた。煙管につめた煙草の火、と隼人は見た。

（どうやら、与八らしい。はぐれては面倒と、深谷へ向かう道筋の、熊谷宿のはずれで夕刻よりずっと待ち受けていたとみえる）

煙草の火が地に落ちて、ぽっ、と赤い火が消えた。与八が、やってくる隼人を見定めて煙管の煙草を叩き落とし、立ち上がって、煙草の残り火を踏み消したのだろう。

はたして、隼人に向かって小走りに近寄る足音が聞こえ、与八が闇の向こうから姿を現した。

「役人をまくのに、だいぶ手こずられたようですね。心配しましたぜ。なんせ、もう真夜中ですから」

「待っていてくれ、とは頼んでおらぬ。待つのは、与八、おまえの都合だ」

「これだ。まあ、いいってことにしましょう。とにかくこうやって一緒に旅ができるんだから」

隼人は、にやりと笑った。

「別行動をとらなくてもよいのか。おれにぴったりくっついていたら、見張り役としての格好がつかぬのではないのか」

与八も、にやりと笑みをかえした。

「気分が変わりやしたんで。そのへんのところのお気遣いは無用で」

「ところで、鳥追女(とりおいおんな)はどうした？」

「追い越していきやした。いまごろ深谷宿あたりで、高鼾ときめ込んでいるんじゃ」

いいかけた与八のことばを隼人が断ちきった。

「どうやら見込みがはずれたようだ。見ろ」

中山道の街道脇に一里塚として植えられた、松の大木の根もとから立ち上がった鳥追女の姿が、夜の闇のなかにおぼろに浮かんでいる。なかなか、艶やかな、浮世絵から抜け出てきたような立ち姿だった。江戸からつけてきた鳥追女に相違なかった。

隼人と与八が近寄った。鳥追女は動かない。このままやり過ごし、隼人と与八の後からついてくるつもりとみえた。

鳥追女の前を通り過ぎた隼人は数歩行って立ち止まり、いきなり、振り向いた。ぎょっ、と鳥追女が立ち竦んだ。傍目にも、恐怖に息を呑んだのがわかった。

「この夜道だ。おれやこの男が襲いかかってくる、とはおもわぬのか」

低い、感情を押し殺した、とりようによっては、この場で鳥追女を凌辱しかねない威圧をこめた隼人の声音であった。

鳥追女は唇を嚙んだまま、隼人を見つめている。三味線の撥を握りしめていた。

（仕込み撥かもしれねえ）

と与八は身構えた。隼人は、そんな鳥追女の動きに無頓着につづけた。

「鳥追、と呼ぶのもなんだ。名ぐらい教えてもらおう。なんせ、この男と同様、江戸から付かず離れずの同行三人だ。おれの名は、仙石隼人。この男は」

自分で名乗れ、といいたげに隼人は与八を振り向いた。

「変わり身の与八だ。これからも顔を合わせることがあるだろう。与八、とでも呼んでくんな」

鳥追女を正面から見据えて、与八は告げた。

鳥追女は覚悟を決めたのか、ふう、と息を吐いた。

「藤」

と、一言だけ、声を発した。

「そうか。お藤さんか。おれは、これから深谷へ向かう。が、旅籠には泊まらぬ。深夜のことだ。旅籠を叩き起こしては人目に立つ。街道筋のどこぞに閻魔堂でもあるだろう。そこを一夜の宿にするつもりだ」

いうなり、隼人は歩きだした。与八もつづく。

数歩離れて、緊迫に躰を凝固させていたお藤が、足を踏みだした。

左手に国済寺の甍が、夜の闇を切って聳えていた。

鴻巣、熊谷、深谷とつづくこのあたりには源氏の武者にかかわる曰くありげな祠や社が、先祖自慢の郷士たちの手によってつくられ、数多く点在していた。

隼人は見送りの松を通り過ぎ、深谷宿の常夜燈が見えるあたりで立ち止まった。

「近くにある閻魔堂あたりで泊まるか」

隼人のことばに、与八が応じた。

「一刻（二時間）ほど歩きやした。そろそろ九つ半（午前一時）になりやす。頃合いかと」

隼人がぐるりと周囲を見回した。少し行ったあたりに閻魔堂が見えた。

隼人は、躊躇することなく、閻魔堂へ向かった。

さいわい閻魔堂の観音扉に鍵はかかっていなかった。閻魔堂に入り、隼人と与八がそれぞれ一隅に座ったとき、閻魔堂の扉が開き、お藤がおずおずと入ってきた。

隼人も与八も、声をかけない。お藤は、隼人の対面にあたる一隅に腰を下ろした。編笠をとったお藤の顔は、息を呑むほどの美貌だった。やや吊り気味の、大きな二重の眸が、隠しきれぬ勝気さをしめしていた。鼻筋のとおった、高からず低からずの形のよい鼻と、小さめの、それでいてぽってりと肉厚の唇が均整のとれた形で配されていた。艶やかな色気と勝気さが、同居している。柳橋や深川の売れっ子芸者といわれたら、それで通るほどの容姿を、お藤はそなえていた。

太刀を抱いた隼人は柱に背をもたせかけて寝息を立てていた、与八も眼を閉じていた。ふたりが寝入ったのを見とどけて、お藤はしずかに眼を閉じた。

差し込む朝陽に隼人が目覚めたとき、すでにお藤の姿は、閻魔堂のなかにはなかった。

隼人が立ち上がったとき、与八が目覚めた。寝ぼけ眼をこすりながら、与八は、立ち上がった。

閻魔堂を出た隼人と与八は深谷のはずれにさしかかっていた。開いている店を見つけたら、朝餉でも食べるつもりで、のんびりと歩みをすすめていた。と、与八が突然、拳で一方の掌を叩いた。

「どうした?」

隼人の問いかけに与八が顔を向けた。

「思い出したんでさ」

「思い出した？」

「お藤のことでさ。昨夜、編笠をぬいだとき、どっかで見た顔だとおもったんだが、とっさに思い出せなくて」

　隼人は、目線で、与八をうながした。

「お藤は、深川で、気っ風の良さと美貌を売り物にしている評判の鉄火芸者・蝶奴に違えねえ。もっとも、あっしも、懐の中身の案配で座敷に招んだことはありませんがね」

　しばし、黙然とした隼人だったが、ややあって、いった。

「与八、頼みがある」

「あっしでお役に立つことでしたら」

「江戸の大岡越前守の手の者に、蝶奴のことを洗いざらい調べてもらいたいのだ。尾張名古屋のどこぞにつなぎの場と定めたところがあるだろう。そこへ探索の結果をしたためた書面を送ってもらえ」

「ようがす。さっそく御奉行様あてに書付を書いて、飛脚を走らせまさあ」

「できれば、おれたちが名古屋へ着いたときに、蝶奴探索の結果がわかるといいがな」

「急ぎの飛脚をたてまさあ。造作のない探索で。蝶奴が江戸にいないとなりゃ、あのお藤が深川芸者の蝶奴ということになりやすかね」

「お藤が蝶奴だとすれば、売れっ子芸者が何のためにおれの後をつけたか、だ。そのこと、いずれお藤に問い質さねばなるまい」

与八が、黙ってうなずいた。

二

本庄で隼人と与八は足を止めた。本庄は飯盛り女百余人が旅人の袖を引いて競う、中山道有数の繁華な宿場であった。一膳飯屋に寄り、遅めの朝餉を食する。昼食のための握り飯を拵えてもらって、一膳飯屋を出た隼人は、与八を振り向いていった。

「おれの推考するところ、まずは神流川の渡しで一悶着あるかもしれぬ」

「伊賀者が待ち伏せしているかもしれねえ。そういうことですね」

隼人は、うむ、と顎を引いた。

神流川は本庄宿の西、武蔵国・勅使河原村と上野国・新町宿の間を流れる川である。本庄川から神流川の中洲まで橋が架けられており、旅人たちは、中洲から先は、川の水が涸れたときや水量の少ないときは徒歩、または土盛りされただけの土橋を渡った。増水したときは、岸と岸の間に張りめぐらされた綱を手繰って渡る、舟渡しを利用した。神流川の両岸には、旅人の安全と川幅の目安を示すための、常夜燈が建てられていた。

さいわい水嵩はわずかで、隼人と与八は土橋を利用して神流川を渡った。

新町宿を過ぎ、左手に富士山に似た赤城山をあおぎながら、温井川に架かる弁天橋を渡ったあたりで、与八が首を傾げた。

「ところでお藤のやつ、どこへ消えたんでしょうね。姿のかけらもねえ」

「気になるか」

「なんせ、江戸からの同行三人ですからねえ」

「敵ではない三人、といったほうがいいかもしれぬな。伊賀者という厄介な連中もついてきている」

「身軽さと礫打ちじゃ伊賀者にひけは取りません。まあ、頼りにしておくんなせえ」

与八が得意げに口をとがらせ、鼻をうごめかせた。馬面の与八が鼻をうごめかせると、鼻息荒く顔を打ち振る馬に似ている。真面目な顔つきをしても、どこか可笑しみのある与八に、隼人は笑みを浮かべずにはいられなかった。

「旦那、何が可笑しいんで」

見咎めた与八は、不満げに口をとがらせた。

「与八と江戸で喧嘩仲間になっていたら、おもいきり楽しく暴れられたろう、とおもってな」

「そいつだけは御免こうむります。こう見えてもあっしの本職は、奉行所から十手を預かる岡っ引きですぜ」

「そうだったたな。喧嘩を取り締まる立場の与八が、おれと一緒に喧嘩三昧は、まずかろうな」

隼人は屈託なく笑った。

「神流川では影も形も見えなかったが、お藤も伊賀者も、板鼻宿から安中宿の間の、鷹ノ巣山の断崖下を流れる、碓氷川の渡しあたりで必ず待ち伏せているだろうよ」

「碓氷川の渡しといやあ、旅人が歩いて川を渡ると定められた、［徒渡し］で有名なところでしたね」

「増水すれば、すぐ川止めになる厄介なところだ」

隼人は、与八に視線を移した。

「与八、いままでおれがやってきた喧嘩兵法では、どうにも太刀打ちできない様相を呈してきたようだ。戦国時代の戦なみの策が必要かもしれぬ」

「……策が、あるんですかい」

「とりあえずの策は、な。おれは高崎宿で泊まる。与八、おまえは……」

身を乗り出して聞き入る与八は、緊迫に眼を細めた。日頃、愛嬌のある眼に、鋭いものが宿っていた。


暮六つ（午後六時）を過ぎたころ、板鼻宿の入口に近い旅籠・松実屋の二階に宿をとっていたお藤は、急ぎ足でやってくる旅人を見咎めて、訝しげに眉を顰めた。

旅人は、変わり身の与八だった。

与八がひとり旅だったことがお藤に怪訝なおもいを抱かせた。

お藤は、碓氷川の渡しを控える板鼻宿で隼人と与八を待ち受けようと、二日前から、ここ松実屋に宿泊していた。

お藤はまた、この板鼻に、熊谷で隼人に小柄を投げつけられ、鮮やかな忍びの技を駆使して逃れ去った担売が、旅のやくざに姿を変えて、仲間とおもわれる数人と昨夜から泊まり込んでいるのを、見届けていた。

薄目に開けた障子窓からうかがうお藤の視線の下を、与八は素通りしていき、数軒先の旅籠・中平屋に入っていった。

お藤は、与八の後をつけようと決心していた。与八がひとりで行動するはずはなかった。隼人と落ち合う先を決めた結果の与八の単独行動、との確信がお藤にはあった。

翌朝、明六つ（午前六時）、与八が中平屋を出たのを見たお藤は、階段を駈けおりた。お藤はすでに、旅籠代は済ませていた。女中から握り飯の弁当を受け取ったお藤は、松実屋を後にした。

与八は、碓氷川の渡し場へ向かって歩をすすめていた。その後をつける者がいた。熊谷宿で逃げ去った男だった。

男の動きからして、隼人に敵対する者であることは明らかだった。お藤は与八に男のことを知らせたいとの衝動にかられた。

しかし、お藤は動かなかった。男もまた、お藤同様、目当てとする相手は仙石隼人に相違なかった。いずれ隼人と落ち合うであろう与八に、男が危害を加えることはない、とお藤は読んでいた。

与八と男、お藤は相前後して、歩いて川を渡った。川の水量は膝下までしかなく、太腿(ふともも)を露(あらわ)にすることなく川を渡れたことに、お藤は安堵していた。裾(すそ)の乱れを直しているうちに、与八は早足で遠ざかっていく。お藤は、小走りに与八の後を追った。

三度笠をかぶった男は、相変わらず与八とお藤の間に身を置いて、旅をつづけている。

三

隼人が板鼻の宿場に着いたのは、与八たちが旅立った日の、真昼九つ（午後十二時）過ぎのことだった。

ぽつりぽつりと降りだした雨が本降りに変わった夕七つ（午後四時）ごろ、飯盛り女郎を多数抱えている夕霧楼(ゆうぎりろう)という旅籠(はたご)に泊まっていた隼人は、呑めや唄えの大騒ぎを始めた。

隼人の馬鹿騒ぎは夜中過ぎまでつづいた。翌朝、雨はやんだが、碓氷川は増水し、川止めとなった。

隼人は夕霧楼の男衆に頼み込み、飯盛り女郎たちをあげての舟遊びを始めた。夕霧楼に上がり込むなり、隼人は遊興代として二十両もの大金を前払いしていた。夕霧楼にしてみれば、ゆきずりとはいえ、隼人は上客だった。上客の要求を拒む理由はなかった。舟の借り賃だと、さらに二十両を支払った隼人に、夕霧楼の主人は、

「さっそく舟を手配して、遊んでいただきます」

と満面に愛想笑いを浮かべ、揉み手で応じた。

昼前から始まった舟遊びは、陽が沈むまでえんえんとつづいた。

やくざ者に身をやつした伊賀三之組の組頭（くみがしら）補佐・諸岡清吉ら伊賀者たちは、そんな隼人を板鼻宿の川べりから、黙って眺めるしかなかった。川止めは解除されていなかった。

隼人は、川べりに立つやくざたちのなかに、江戸で隼人を尾行しつづけた勤番侍の頭格だった男を見いだしていた。負傷した仲間に止（とど）めを刺した勤番侍であっ

た。隼人が見極めたその男こそ、諸岡清吉であった。

（いま考えてみても、あの止めの刺し方は尋常ではなかった。忍びの者の仕業と考えれば、合点のいかぬ動きではない）

　舟遊びの乱痴気騒ぎのなかで、隼人は、気を失った勤番侍をひとり残した伊賀組とおもわれる者たちの意図を推考していた。

（水戸藩に疑惑をもたらすための謀略、と受け取れぬこともない。だからといって、尾張藩が画策する将軍家への謀反に水戸藩が加担している、との疑惑を打ち消すわけにはいかぬ）

　結局のところ、確たるものは何ひとつ摑めていない隼人であった。

　そろそろ陽が沈む。いい頃合いであった。舳先に座って盃をかたむけていた隼人は懐から十両取り出し、傍らの男衆に握らせた。

「かねての打ち合わせのとおり、頼む」

「へい。こいつは、船頭の留吉や女郎衆と分けさせていただきやす」

　男衆は、握りしめた小判を懐に押し込んだ。

「留吉さん、そろそろ頼むぜ」

　男衆の呼び掛けに、へい、と応えた留吉は、棹を川底に突き立て、舟を回した。

刹那、大きく向きを変えた舟の舳先は、安中宿側の川岸にわずかに乗り上げた。隼人は、そのときを逃さなかった、酔って体勢を崩したふりをした隼人は舳先から河原に転げ落ちた。男衆が立ち上がって叫んだ。

「さあさあ、御開き、御開き。女郎衆、騒いだ騒いだ」

女郎衆の掻き鳴らす三味線や太鼓が派手に鳴りだした舟は、留吉の見事な棹遣いで、ゆっくりと向きを変えた。流れにまかせて、板鼻宿から少し離れたところに着岸するための動きだった。酔った隼人は、そこから別行動をとった、との言い抜けをする。あらかじめ、打ち合わせておいた結果のことであった。

隼人は、舟から落ちたままの形で川辺を転がって、空を眺めていた。河原には夕靄が立ちこめていた。靄の薄衣におおわれた天空には、弦月が淡い輝きを発して、おぼろな姿をさらしていた。

(明日は、晴れそうだ)

隼人は唐突に、隅田川の河原に寝転がって、夜半過ぎまで弦月を眺めていた日のことを思い起こしていた。

深川の悪所へ出かけようとした武兵衛を、隼人がとめだてしたことで口論となった。

「三味線を弾き、常磐津(ときわづ)を口ずさむのがなぜ悪い」

十八歳だった隼人は、武兵衛の軟弱な好みが、気に障っていた。将軍家直々(じきじき)の配下である直参旗本は、武士のなかの武士である。文武を極め、命をかけて大樹にご奉公することこそ直参旗本の務め、と固く信じ込んでいた隼人であった。父・武兵衛の芸事好きは、当時の隼人にとって、武士にあるまじき、許し難いことであったのだ。

武兵衛は隼人を押しのけて、悪所へ向かおうとした。そんな武兵衛に、隼人は木刀を持ち出し、突きつけて、勝負を迫った。

結果は惨憺(さんたん)たるものだった。

隼人は、したたかに武兵衛に打ち据えられ、庭に這いつくばった。

武兵衛は、半ば気を失った隼人を見向きもせず、深川へ出かけていった。

隼人は悔しさに震え、父の冷たさを呪(のろ)った。翌日からであった。隼人は、小野派一刀流をつたえる四谷の真崎鉄心道場に通い詰めた。

不可思議なのは、武兵衛の動きだった。武兵衛はどんなに遅く帰ってきても、連日、明六つからの、隼人相手の剣術の鍛錬だけは怠らなかった。木刀の打ち込み、立合いの稽古は一刻余に及ぶのが常だった。

隼人が二十歳になったころには、三本に一本は武兵衛を打ち負かすまでに腕を上げていた。武兵衛は小野派一刀流の免許皆伝の腕前であった。

一年後に、隼人が小野派一刀流の免許皆伝を受けたときには、三本に二本は、武兵衛を打ち込むほどになった。

が、そこまでだった。隼人に、三本に二本以上はとらせぬまま、武兵衛は旅立っていったのだ。

強いた稽古のとき以外、武兵衛と隼人はろくに口もきかない父子だった。武兵衛に反抗するように、盛り場へ出かけては喧嘩三昧に明け暮れた隼人と、悪所へ出入りしつづけては芸事に溺れた武兵衛。用人の舛尾喜右衛門をして、

「もう少し、父子らしゅうしてくださりませ」

と嘆願させたほどの、父子の断絶ぶりでもあった。

(が、親父殿は、毎朝の錬磨で、おれとのこころの触れ合いを、たしかに、繋げていたのだ)

武兵衛への疑惑を側用取次・牧野備後守が口に出したときに噴出した父へのおもいが、おのれのこころの奈辺にあったものなのか、とまどった隼人であった。

しかし、いまは、そのおもいの根拠がどこにあったか、隼人にはわかっていた。

（親父殿が、陰日向なく、つねに注いでくれた優しさを、おれが気づこうとしなかっただけのことだったのだ）

「世間知らずの我儘者のひとり芝居、か」

隼人は、おもわず発した一言に、苦い笑いを浮かべた。走馬灯のように、めぐるおもいが吐露させた、予想だにしなかったことばだった。

寝転がった背が押し敷いた、河原の小石のごつごつとした感触が心地よかった。すでに隼人の周囲は、夜の闇に包み込まれていた。舟から酔って落ちたと見せて、すでに一刻は過ぎていた。大雨で増水した碓氷川の水音が、心なしか低くなったようにおもえる。

隼人は、あらためて、夜空を見た。星明かりを押さえて、さらに輝きを増した弦月が、威風を誇示して煌めいていた。

隼人は、ゆっくりと立ち上がった。河原の、しめった小石が着物をかすかに濡らしていた。その着物の冷たさが、酔いの残る火照った躰を生き返らせた。

（伊賀者どもとの戦、そろそろ、本気で始めねばなるまい）

板鼻の宿に足止めされたやくざ者に擬した者たち以外にも、伊賀者の群れが行く手のどこぞに潜伏している、と考えるべきであった。当然のことながら、これから向かう安中宿にも、潜んでいるかもしれない。

隼人の踏みしめる、軋む河原の砂利音を、一夜にわたって降りしきった雨の名残の、碓氷川の荒れた水声が覆い隠し、いずこかへ消し去っていた。

四

安中を過ぎて松井田宿に隼人が入ったのは、真夜中の九つ（午前零時）に近かった。

「雨が降りゃこそ松井田泊まり　降らじゃ越しましょ　坂本へ」

と馬子唄に唄われた、中山道随一の難所といわれた碓氷峠にある碓氷の関所を、日のあるうちに越しておきたい、と望む旅人たちは、松井田宿を素通りすることが多かった。

しかし、妙義山への登山口でもあり、信州諸藩の江戸廻米の中継地点でもあった松井田は「米宿」とも呼ばれ、六斎市も開かれて、殷賑をきわめていた。

隼人は、おのれの足跡を安中宿や松井田宿に残したくなかった。酔ったうえでの始末、などといくら夕霧楼の者たちがとりつくろっても、川止めの法度(はっと)を犯した者に手を貸したのである。万が一露見したら、ただですむはずがなかった。隼人は金を払ったとはいえ、川越えを手助けしてくれた者たちに迷惑をかけたくはなかった。隼人が両国廣小路などの悪所でごろつきたちとまじわったことにより培われた仁義・筋といった、いわゆる心得の類(たぐい)のものだった。

松井田宿と、横川の関所とも呼ばれる碓氷の関所の間にある五料村(ごりょうむら)は、碓氷関所付要害村と定められた村落のひとつで、他国者が村内や関所周辺に潜入するのを監視する役目を担っていた。

碓氷の関所の警戒が厳重を極めるには理由があった。東海道における箱根の関所と同様の任務が、碓氷の関所には与えられていたのである。

「入り鉄砲に出女」

を厳しくあらためることを第一の任とする碓氷の関所は、徳川幕府の防衛網の最前線にある、重要な砦(とりで)でもあった。

碓氷の関所までは、隼人にとって味方の勢力の範囲内といえた。

碓氷の関所から連なる坂本宿から先の、軽井沢、沓掛(くつかけ)、追分……長久保、和田、下諏訪、塩尻、洗馬(せば)とつづく宿場は、幕府と尾張藩の勢威が微妙に重なり合う一帯だった。

洗馬宿の次の宿場、本山は、尾張の力のおよぶところと隼人は推考していた。

本山宿から一刻ほどで着く贄川宿の手前には、尾張藩の贄川番所が置かれ、領内からの、木材、檜細工などの名産品の搬出や婦女子の出入りを、ことさら厳しく取り締まっていた。

「番所というより、関所といったほうがぴったりいく厳しい警戒ぶり」

との噂が、隼人の耳にも入っている。

隼人は、江戸を出る前に調べあげていた中山道に関わるそれらの噂をひとつひとつ分析して、いくつかの戦略をたてていた。

その第一段階ともいうべき策が、すでに実行に移されていた。全員は無理でも、江戸からつけてきた伊賀組の者たちをできうるかぎり多く、碓氷の関所を抜ける前に処断しておきたい、と隼人は考えている。

おのれの足跡を消すことで、追跡してくる伊賀者たちは、

「仙石隼人は、山中の獣道を行ったに違いない」

と判断するはずであった。

隼人は、松井田宿を抜けてすぐ山中に分け入ろうと考えていた。

さいわいなことに松井田宿には、江戸時代の初めに創建された由緒ある神社や寺院が点在していた。隼人は、中山道から少し外れたところにある補陀寺の、石段の奥に建つ単層四脚柱の山門の軒下を借り、野宿することにした。

榛名山の向こうに朝陽が顔を出したころ、隼人は妙義山を目当てに歩きだした。妙義道へ出た隼人は、人ひとり通れるほどの広さの脇道へ分け入った。左手に妙義山、右手に碓氷川の流れを、山襞に生い茂る木々の間から垣間見ながら、隼人は獣道をひたすら碓氷峠を目指して歩いた。

隼人は朝から何も食していなかった。碓氷峠へ向かう途中の山肌から湧き出る清水で喉をうるおし、名も知らぬ木の実を齧って、飢えを満たした。

見通しのいいところで周りの風景を見定めて歩みをすすめた。

木々の間から洩れてくる陽は、すでに、傾きはじめていた。陽射しの具合から見て昼八つ半（午後三時）過ぎと思われた。

碓氷の関所は間近だとの確信が、隼人にはあった。

物音に気を配りながら、隼人はゆっくりと歩いていく。

刹那——。

微かに悲鳴らしき音が聞こえた。隼人は、足を止めた。耳を澄ます。ふたたび、叫び声が上がった。明らかに、女の悲鳴であった。

隼人は足音を消して、悲鳴が聞こえたほうに近寄っていった。

声が途絶えた。

隼人は意識を集中した。耳が、くぐもった呻き声と、揉み合う物音をとらえた。

隼人は、気配を消して近寄っていった。

木々の間から隼人が眼にしたものは、女を組み伏せ、女の股間に手を伸ばして、凌辱すべく着物を引き開こうとしている男の姿であった。女の襟元は、すでに、掻き拡げられていた。白い、こんもりと盛り上がった、柔らかい、つきたての餅のような乳房が剝き出しになっていた。女が抵抗して身悶えするたびに、乳房が、手鞠のように弾けて揺れた。

隼人は、女の着物の柄に見覚えがあるとおもった。お藤の身にまとっているものに似ていた。視線を走らせると、少し離れたところに三味線が転がっていた。激しく抵抗して大きく顔を振った女の顔が、微かに見えた。お藤に違いなかった。お藤は口に手拭いを押し込まれていた。

隼人に躊躇はなかった。男の背後から迫る。素早い動きだった。

男はお藤を犯すことに夢中になっているのか、近寄る隼人に気づかない。

「おい」

隼人が声をかけた。

男の動きが、一瞬、止まった。間髪を入れず振り向いた男の顔は、下野九六のものであった。

「おまえか。なら、容赦はいらんな」

隼人はいきなり九六を蹴り倒した。

地面に這いつくばった九六は、跳ね起きて逃れようと反転した。が、その胸元には、眼にも止まらぬ速さで抜き放たれた隼人の太刀が、深々と突き立てられていた。九六が、低く呻いて痙攣し、絶命した。

隼人は、太刀を九六の胸元から引き抜き、鞘におさめて、お藤を振り向いた。

お藤は着物の乱れを直していた。

「だからいったろう。旅は道連れ、一緒に来いと」

揶揄うような隼人の物言いに、お藤は勝気な目で睨みつけた。

「借りは、必ずお返ししますよ」

いうなり、視線をそらし、乱れた髪に手をやった。色っぽい仕草だった。

隼人が、苦笑いをしていった。

「楽しみにしてるぜ。借りを返してくれる日が来るのをな」

「なんだって」

お藤が近くに転がっていた小石をひろって投げつけようとして、止めた。

邪気なく微笑(ほほえ)んだ隼人が、お藤の視線の先にいた。

「碓氷の関所は、出女には厳しい詮議をすることで有名なところだ。お調べで、すっ裸の、生まれたまんまの姿にされたくなかったら、ついてくるんだな。ああ見えても変わり身の与八は町奉行の手の者。連れということにすりゃ関所をすんなりと通れるんじゃないのかい。ま、無理にそうしろとは、すすめないがな」

いうなり、隼人は歩きだした。

お藤は、慌てて立ち上がり、三味線を手にとった。振り向きもせずに遠ざかる隼人を追って走った。

五

川止めのため板鼻宿に足止めされた、諸岡清吉率いる伊賀三之組の面々は、宿場からかなり離れた碓氷川の下流に着岸した、舟遊びからの戻り舟に隼人が乗っていないのを、川辺に叢生する草の蔭に身をひそめて見届けた。

「宿役人に知らせて、仙石隼人を追わせたらどうだ」

間島儀作が眼をぎらつかせた。焦りが顔に浮き出ていた。

「落ち着け、間島。仙石隼人同様、おれたちも、目立った動きはできぬ隠密裡の務めについている身だ。空の具合から見て、明日は川止めもとけよう。宿に戻って、追跡の段取りを決めるのが先だ」

諸岡のことばに、間島らが大きくうなずいた。


翌日昼四つ（午前十時）、碓氷川の川止めがとかれた。碓氷川を渡った諸岡たちは、一気に走った。諸岡たちが目指したのは妙義道であった。妙義山へ詣でると見せて、途中で山道へ入る。警戒の厳しい、碓氷関所付要害村の五料村を抜けて、最短距離で碓氷の関所へ向かう、と諸岡らが定めた道筋は、奇しくも、隼人がたどった獣道とほぼ同じ道中であった。

走る。

走る——。

戦国の世を駆け抜けた伊賀者の忍びの技もかくや、と見受けられる諸岡ら伊賀三之組の面々の動きであった。

その諸岡らの、疾駆してきた足が、ぴたり、と止まった。

前方の密生する木々の間から、こんもりと盛り上がったものが見えた。うずくまり、襲撃を仕掛けようと身構える猪の姿にも似ていた。

(待ち伏せの伏兵かもしれぬ)

諸岡もまた、江戸より碓氷の関所までは、公儀の力がおよぶ、ほぼ幕府領といってもいい一帯と推断していた。

諸岡は手を振って、間島らに散開を命じた。間島らが三方に散る。扇形の陣形をとり、猪とみまがうものに近づいた。

盛り上がったものの正体を見極めたのは間島儀作だった。間島の歩み寄る方へ、それは顔をねじ向けていた。

「九六!」

叫んだ間島は、下野九六の骸へ駈け寄ろうとした。

「待て。近寄るな。罠かもしれぬぞ」

諸岡が制した。低いが、有無をいわせぬ威圧が声音に籠もっていた。

間島が、息を呑んで動きを止めた。周囲に視線を走らせる。何の気配もなかった。

「九六の骸はこのまま放置していく。碓氷の関所は間近い。油断するな」

間島らは、目顔でうなずいた。

突然――。

静寂をうち破って、銃声が鳴り響いた。

一同に緊迫が走った。

「猟師だ。これより木走りの術を使う」

油断なく周囲を見渡しながら、諸岡は傍らの大木の枝に向かって跳躍した。枝を摑み、おのが身を枝の上に引きあげた諸岡は、枝をのばす次なる大木へ飛び移った。間島らも、諸岡の動きにならった。

もしも、生い茂る大木群の外れに立つ旅人がいたとしたら、風もないのに枝の葉々が揺れ動く不思議に、山中に潜む物の怪の仕業か、と怖れおののいたに違いない。それほどまでの、諸岡ら伊賀三之組の気配を消した秘術ぶりであった。

小半刻（三十分）後、諸岡らは、背後から碓氷の関所の大屋根を望む、山中の大木の枝の上にいた。

(追いついた)

とのおもいが諸岡らのなかにある。碓氷の関所の一隅に、警固の関所役人に取り囲まれた形で、隼人が床几(しょうぎ)に座っていた。

ふたたび、猟師が発したとおもわれる銃声が鳴り渡った。

と——。

隼人に異変が起こった。立ち上がるや、いきなり刀を抜き放ち、包囲する警固の関所役人を蹴散らして、走りだした。

「関所破りだ」

「逃がすな」

関所を飛び出した隼人を追って、口々にわめきながら役人たちが走り出てきた。手に鉄砲を持っている者たちもいる。隼人は刀を振り回しながら、山中に駆け上ってきた。

木の上で、諸岡は、にやりとほくそえんだ。短気者の隼人が、生来の喧嘩癖を出して、暴れだしたとみてとったのだ。おもいは、間島たちも同じだった。いやしくも伊賀忍法を修得した者たちである。大木の繁る枝々のなかに、おのが姿は隠し得ているとの自信を、皆が持っていた。

山肌を駆け上った隼人は足を止め、追ってきた役人たちを振り返った。

両手をひろげ、手にした太刀を掲げて、追ってきた役人たちと、対峙した。追撃の鉄砲組数名が、膝をついて筒を構えた。

傍目（はため）には、隼人に向けて鉄砲が発射されるかに見えた。

が、さすがに諸岡清吉は伊賀三之組の一方の隊をまかされる組頭補佐であった。鉄砲組の筒先が、わずかに上向くのを見逃さなかった。

（まさか？……）

と胸中で諸岡が呻（うめ）くのと、銃口の狙いが定められるのが同時だった。隼人のひろげた両手は、諸岡たちの潜む範囲をさし示していた。

「狙いはわれらぞ。飛べ」

吠えるや諸岡が宙に飛び、回転して地に降り立った。間島ともうひとりが、枝から飛び降りざま被弾し、血を噴き散らして、真っ逆様に落下していった。

「逃げろ。落ち行く先は、かねて打ち合わせたとおり」

叫んだ諸岡に隼人が斬りかかった。木々の間を見定めながら横転して逃れた諸岡を見据えて、隼人が吠えた。

「まさしく忍びの技。見られたか、碓氷の関の方々。速やかに捕らえられよ」

諸岡は、そのとき、気づいた。猟師が発したとおもえた銃声は、山中に潜んだ碓氷の関所の役人が、伊賀三之組の面々の姿を見いだしたことを告げる合図だったのだ。

隼人が、木の枝に飛びついて逃げようと宙へ跳んだ伊賀組のひとりを、左八双からの返し技で断ち斬った。

関所役人が斬りかかる。鉄砲組が、後転、横転の目晦ましの技を駆使して逃れようとする伊賀三之組の者どもに集中砲火を浴びせた。

半刻（一時間）後、間島儀作ら六名の骸が碓氷の関所の一角に並べられていた。逃れたのは、諸岡清吉ただひとりだった。関所役人たちが、まだ、山狩りをつづけていた。

十手片手に、間島らの死骸をあらためているのは与八であった。

「忍びの技を使って江戸中を荒らしまわり、中山道を上って京・大坂あたりで一稼ぎをもくろむ盗賊一党の者に違いありやせん。ご助力、ありがとうございます」

与八の背後にお藤が控えていた。少し離れて隼人が庭石に腰を下ろしている。

「与八とやら、女房を鳥追女に変装させ、探索に巻き込んでまでのお務め、大変だろうが、御上（おかみ）のご威光を守るため、尚一層の働きに励んでくれ」

与八をねぎらった老関所役人が、隼人へ声をかけた。

「仙石殿、熱田詣（あつたもうで）での旅の道連れとなった江戸南町奉行所の岡っ引き与八への一方ならぬご助力、いかに直参旗本といえども、なかなかできぬこと。感服仕る（つかまつる）」

「武士ならば当然のことでござる。そろそろ日も落ちる。よろしければ、坂本へ出て、宿を求めたいが、いかがか」

隼人が、庭石から立ち上がった。

「与八、お藤、行くとするか。後は、碓氷関所の方々におまかせして旅を急がねばなるまい。忍び盗賊一味が、まだ多数残っておるはず。ゆるみは禁物だ」

「たしかに。お藤、行くぜ」

与八は傍ら（かたわら）に置いた振り分け荷物を手にとった。お藤も三味線を抱えて、立ち上がる。

「後はわれらにまかせて行かれるがよい。ご苦労でござった」

実直さだけが取り柄と見える老役人は、伊賀三之組の者どもを盗賊に仕立てて一芝居打った隼人らに、一片の疑惑も抱いていない様子だった。

関所の門外へ、隼人らを送って出た老役人は、律儀にも、隼人らの姿が見えなくなるまで、姿勢を正して見送っていた。

濁流無間

一

　慶長九年（一六〇四）、美濃奉行で、徳川家康の側近だった大久保長安は、中山道の道筋を一部変更した。大井〜御嵩(みたけ)間を、土岐川沿いの釜戸経由から日吉高原経由へと、変えたのである。表向きは、

「最短距離への変更である」

との理由づけがなされたが、事実は、西国から攻めて来る軍勢に対する、東美濃・木曾谷の地形を自然の要塞として活用した徳川幕府の、軍事的戦略のためであった。

　とくに、大井宿から細久手宿間に、大久保長安が敷設した新道は、

「十三峠に　まけ七つ」

といわれたほどで、わずか三里半（約十四キロ）の間に峠が二十もある箇所も存在した。

何カ所も、自然の要塞ともいうべき地形を中山道につくりあげていった大久保長安の知略は、まさに、軍神といっても過言ではなかった。

「おれが、尾張名古屋への潜入路として中山道を選んだのには、大久保長安のつくりだした、江戸から攻め入るには有利な地形を随所に配した中山道の道筋を利用しようとの読みがあったからだ」

追分宿の旅籠で、隼人は与八にそう語りかけた。お藤は隣室に宿をとっている。風呂に行っているのか、気配がなかった。

隼人の口調に、何か含んだものを感じた与八は座りなおして、隼人を見つめた。

「与八、どうやらおれの目論見ははずれたようだ。喧嘩と戦は似たようものだ。そうおもっていたが、どうしてどうして、似て非なるものだということが、日に日に強まってきた」

「道筋を変えようと、迷ってらっしゃるんで」

うむ、隼人はうなずいた。

「さいわいなことに、坂本宿からここ追分宿までは、伊賀者らしき姿はなかった。だが、美濃路に入ってすぐの贄川宿には尾張藩の贄川番所がある」

「関所並みの警戒ぶりだということは、江戸を出るときに、同心の旦那から聞かされておりやす」

「贄川までおよそ二十三里余、のんびり行って三日もあればたどり着ける距離だ」

隼人は、そこでことばを切った。にやりと片頬に笑みを浮かべた。

「碓氷の関所の役人たちの武術の腕前では、取り逃がした伊賀者を捕まえることは、まずできまい」

「逃げおおせた伊賀者が尾張へ走った、とおっしゃるわけですね」

「伊賀者の足を常人の二倍と推し量ると、関所役人の目を逃れて贄川番所へ行き着くに二日。おそらく、贄川にはおれを迎え討つ尾張藩士らが、すでに出張っておろうから、そ奴らを連れ戻って、一日目、つまり三日目あたりで、でくわすことになるはずだ」

「となると、明日までは楽な旅ができる、ということになりやすね」

「山地ではなんとか尾張藩士と伊賀者の襲撃を防ぎうるかもしれぬ。が、木曾路は長すぎる。右へゆくと中山道、左へ曲がると名古屋路、と岐れる中津川の宿は、贄川宿から数えて十二番目の宿場。この間、すべてが山中の道だ。しかも、福島宿には贄川番所以上に警戒のきびしい福島の関所がある」

与八は、黙り込んだ。隼人のいうとおりだった。福島の関所だけではない。福島宿につづく上松宿には尾張藩の上松材木役所があり、福島宿からふたつ江戸寄りの、贄川宿から二番目の宿場となる藪原宿には、鷹狩り用の鷹を訓育する尾張藩御鷹匠役所、さらに、木曾路最後の宿・馬籠とその前の宿・妻籠とのあいだには一石栃白木改番所があった。

与八は、心中で唸った。木曾路は尾張藩の領内である。当然のこととはいえ、諸番所の配置に付け入る隙はなかった。

隼人はつづけた。

「生来おれは迂闊者でな。おのれの目の前に形を突きつけられるまで、ほんとの知恵がまわらぬ愚鈍な性分なのだ。これほどの尾張藩の防備・警戒ぶりだ。平地でも、なかなかの手配ぶりであろう。木曾路を抜けても、平地に入ったところで、あえなく斬り死にする公算が大きいことに気づいた」

「で、どうなさる気で」

与八は、先をうながした。打つ手がない、と隼人が言いだしかねない、と感じていた。

「おれに与えられた、敵の目を意識せず、余裕をもって動ける時間は一日だけだ。その一日で下諏訪まで行けぬか、頭を絞ってみた」

「下諏訪までおよそ十五里半。ぶっ通しで歩いておよそ十刻（二十時間）の道中か」

首を捻った与八にかまわず、隼人がことばを継いだ。

「おれは、無理をせぬ主義でな。中山道を往くのをやめた」

「それじゃどこへ」

焦れて、与八は身を乗り出した。

「内藤藩一万五千石の岩村田宿から甲州街道へ抜ける。高遠から伊那、天竜川に沿って飯田へと抜け、あとは伊那街道を一気に岡崎へ向かう」

なるほど、と与八はおもった。伊那街道と木曾街道の間には駒ケ岳などの険しい山々が聳え立って連なり、山越えは困難を極めた。しかし、飯田宿から三河国へ向かう山中には幕府直轄の、浪合の関所が設けられている。木曾路より、はるかに幕府の勢威の及ぶ道筋といえた。

「あっしは、ただの見張り役で、旦那が行くところなら、たとえ火の中水の中、でさ」

与八は、おどけた口調でいった。

翌朝、七つ（午前四時）、隼人と与八、数歩遅れてつづくお藤の一行は、追分宿を旅立った。

朝陽がまぶしいばかりの煌めきを誇って、山間から昇ってくる。雲ひとつ見えないところをみると、今日は、好天のもとの、楽な旅になりそうだった。

二

碓氷の関所から逃れて二日後、諸岡清吉はわずかの仮眠をとりながら中山道を走り抜き、贄川番所にたどり着いた。諸岡は右肩口に隼人の一太刀を受けていた。傷口を固く縛った布には血が染み出ている。諸岡の顔色は、いまだ止まらぬ出血にあおざめ、精気が失せていた。

贄川番所には伊賀組七番衆番頭・柘植陣内と、配下の伊賀組七番衆三之組組頭・竹部宣蔵が待ち受けていた。

竹部宣蔵は、六尺豊かな、筋骨逞しい体軀の持ち主だった。容貌は魁偉で、鷲鼻の、大きな一重の三白眼で見据えられると、たいがいの者が怖じ気をふるうと噂される伊賀七番衆随一の手練れであった。

伊賀組七番衆とは、一之組から七之組からなる総勢百二名の、潜入・探索を主な任務とする組織だった。吉宗が紀州からお庭番を引き連れてきたことによって、もっとも影響を受け、冷遇されている組織といってもよかった。

代々公儀に仕えてきた隠密探索組織である伊賀・甲賀・黒鍬者たちの不満の声を黙殺しつづけ、飼い殺しの状態のまま放置している吉宗に、ついに不平分子の怒りが爆発した。

「将軍家といえども吉宗、許さぬ。小身とはいえ、われら伊賀組にも、忍びとしての意地がある」

との声をあげた伊賀組の不平分子こそ、この伊賀組七番衆であった。

伊賀組七番衆番頭・柘植陣内は、吉宗の政策を事あるごとに批判し、何かと反抗の動きを見せる尾張藩江戸家老・小田切民部に秘かに通じ、将軍家に対する謀反の蜂起を促した。

小田切民部は柘植陣内の具申した策略に、

「謀反の成功疑いなし」

との確信を抱き、事を、尾張藩国家老・飯塚采女（うねめ）に諮（はか）った。

飯塚采女もまた、八代将軍・吉宗の尾張藩への対応に、おおいに不満を感じていた。

飯塚采女と小田切民部は精力的に暗躍した。柘植陣内と配下の伊賀組七番衆を先兵として駆使し、将軍家への不満を募らせる西国、東北・奥羽の外様大名たちとの密約を、次々ととりかわしていった。

が、どれほど堅固に秘密を守ろうとしても、いつかは、秘事は洩れ出るものである。此度（こたび）も、例外ではなかった。

伊賀組七番衆が暗躍を始めて半年後には、尾張血判状と蔭ながら呼ばれる謀反の連判状が、この密約の証（あかし）として、いずこかへ隠し置かれたとの噂が、秘かに諸大名の間でささやかれるようになっていた。

小田切民部に謀反を持ちかけてから一年後、柘植陣内は、

「尾張藩、起（た）つ。時、ここに至れり」

との知らせを伊賀組七番衆の面々につたえ、向後の段取りを定めた。

一之組、二之組、七之組は、江戸で幕府の動きを探り、事あらば柘植陣内に通報する。三之組は遊軍的な動き、四之組、五之組、六之組は柘植陣内とともに尾張名古屋に入り、尾張藩内が揺らぐことがないよう、謀反を煽動しつづける、とそれぞれの役割が決められた。が、公儀が仙石武兵衛につづいて送り込んだ側目付・仙石隼人の動きが、柘植陣内らが組み立てた策略に、ほんのわずかだが、微妙な狂いを生じさせていた。

諸岡清吉の報告を聞き終えた柘植陣内は、しばし黙り込んだ。

（なんということだ。十四人いた三之組は、残すところ組頭・竹部宣蔵と諸岡清吉のふたりだけになっているではないか）

仙石隼人の身辺については、十分すぎるくらい調べたはずであった。しかし、いまは、その探索には見落としがあった、と柘植陣内は考えていた。

仙石隼人は両国、下谷などの廣小路、深川、本所の盛り場・悪所に出入りしては、喧嘩三昧に明け暮れていた。ただの荒くれ、としか見えなかった隼人の行状だった。が、町のぐれ者につきものの、酒に溺れた酔っぱらいとの復申はなかったのだ。

柘植陣内は、調書を深く読みとらなかったおのれの迂闊さに、大きく舌打ちしたい気分だった。

（仙石隼人は、おのれの不平不満をぶちまけるために喧嘩三昧の暮らしをつづけていた。そう単純に決めつけていたが、ほとんど素面で、それをやっていた、ということの、裏の意味合いを推量すると、どうなる？）

喧嘩に、段取りはつきものだ。戦に置き換えれば、喧嘩の段取りは、兵法・軍略ということに通じるのではないのか。……柘植陣内は、そこで、ある結論にぶち当たった。

——仙石隼人は、喧嘩を楽しんでいたのだ。喧嘩のやり方を楽しむ。……喧嘩の数を重ねれば重ねるほど、喧嘩の段取りが、つまるところ、戦の兵法、軍略が、自然に身につくことになるわけだ。

もちろん、喧嘩と戦とは、異質のものである。が、規模の違いこそあれ、武力を競って勝ち負けを決める、という争いごとの大原則は、確実に共通するのだ。

「仙石隼人は、おそらく、これまでの戦いを通じて、喧嘩と戦の違いに気づいたに違いない」

柘植陣内がおもわず口にした一言を、竹部が聞き咎めた。

「仙石隼人が気がついた、とはいかなることでございますか」

うむ、と柘植陣内は、顎を引いた。

「中山道でのわれらの攻撃が、仙石隼人の隠れた力を引き出す手助けとなったかもしれぬとおもったのだ」

「それは……」

竹部と諸岡が、顔を見合わせた。いわんとすることが理解しかねる、という顔つきだった。

「そのことは、もうよい」

柘植は、話を断ちきった。口調を変えて、告げた。

「尾張名古屋にいる竹部はすでに気づいていようが、国家老・飯塚采女様はともかく、尾張藩士どものわれらを見る眼には冷ややかなものがある。所詮、裏切り者とのおもいがあるは必定」

「番頭さまのお言葉のとおり、私のみならず尾張へ同行した伊賀組七番衆の者たちすべてが感じおること。秘かに皆、眼にもの見せてくれる、とのおもいを抱いております る」

「そのことよ。われらは、味方であるべき尾張侍をも敵とおもうて動かねばならぬ。味方は、伊賀組七番衆の仲間のみ、と心に定めて向後のことをすすめねばなるまい」

竹部と諸岡の顔が、緊迫に歪んだ。

「仙石隼人追撃にかかわる三之組の失敗。なんとしても、伊賀組七番衆だけで解決せねばならぬ。尾張侍の耳に入れば、伊賀組七番衆侮蔑の一因となろう」

厳しく言い放った柘植に、諸岡が一膝すすめて迫った。

「私が、わが命にかけて、必ず仙石隼人を討ち果たしまする」

「ならぬ」

にべもない柘植の一言だった。

「諸岡、そちはわしとともに贄川番所に残り、傷養生をせい。竹部、おぬしは、いまから中山道を下り、碓氷の関所を通り抜けてからの仙石隼人の動向を探り出してくるのだ」

「ただちに出立いたしまする」

うなずいた竹部は、太刀を手に立ち上がった。

馬を駆って、中山道を下諏訪宿まで出た竹部は、諏訪湖の湖畔で、途方に暮れて立ち尽くした。下諏訪宿の旅籠はすべてあたった。どこにも仙石隼人の足跡はなかった。足跡どころか、姿形を見たとの噂もなかった。

「仙石隼人の足取りを摑むまで、中山道を下るしか手はあるまい」

竹部宣蔵は、手にした鞭を振り下ろした。空を切った鞭は竹部の苛立ちを示して、諏訪湖をおおった静寂を切り裂き、大きく鳴り響いた。

三

「仙石隼人め、三日前の明六つに追分宿の旅籠を旅立っております」

早駈けに馬をせめて、贄川番所に馳せ戻った竹部宣蔵は、柘植陣内に探索の結果を復申していた。伊賀組七番衆にあてがわれた一室の、片隅に敷かれた床に、肩から胸へ包帯を巻きつけた諸岡が、半身を起こし、壁に背中をもたれて座っていた。傷は順調に恢復しているらしく、諸岡の顔には精気が戻っていた。

「追分宿で、仙石隼人の足跡は消えたか」

柘植陣内は、唸った。

「臨機応変。まさしく喧嘩兵法だな。仙石め、なかなかやりおる」

「奴め。中山道を外れて甲州街道に入り、伊那で伊那街道へ抜けて、岡崎へ出るのでは」

竹部が、柘植に目を据えた。

「おそらくな。伊那街道か……。厄介な街道を選びおった」

それきり柘植は黙り込んだ。

伊那街道は信州・塩尻から、諏訪湖を源流とする天竜川に沿って南下する脇往還である。

急流のつづく天竜川は、物資の輸送には適さず、舟運は発達しなかった。だが、伊那街道は、信州から煙草、生糸、農作物を三州に、三河国からは塩、茶、魚などを信濃国方面へ運び込む、重要な物資輸送経路であった。舟運が無理ということになれば、必然的に陸上での運送に頼らざるを得なくなる。この運送の任を農民たちが担った。農民たちは飼馬の背に荷を積んで、数村にわたる距離を行き来した。

荷は、土地の農民たちの飼馬の背に積まれて運び継がれ、配送された。馬によって、荷が中継ぎされていくことから、土地の者は、伊那街道を、中馬（ちゅうま）街道と呼んだ。

伊那街道は、さらに、三河国からは諏訪神社参りや善光寺詣での、信州側からは熱田参宮、伊勢参りの道筋でもあった。

浪合には、幕府直轄の、浪合の関所が、伊那街道の周辺には幕府直轄領である天領が散在していた。

また、伊那街道の三州側の出発地である岡崎は徳川家発祥の地でもあり、なにかと幕府の力が及ぶ一帯といえた。


「仙石には浪合の関所を越すまで、のんびりと旅を楽しませてやろう」

しばしの沈黙をやぶって、柘植がことばを発した。

「竹部、諸岡、四之組組頭の三田長市とともに岡崎へ出、伊那街道を浪合の関所へ向かえ。仙石を待ち伏せるのだ。どのような策をとるかは竹部、三田と話し合え。仙石をむざむざ岡崎に入れてはならぬ」

竹部と諸岡は、必殺の決意を込め、大きく顎をひいた。

柘植陣内が竹部たちに待ち伏せを命じた日、隼人と与八、少し離れてつづくお藤の三人は伊那へ出、天竜川を舟で下るべく、入船の天竜川船着場から天竜川通船に乗り込んでいた。

船着場の近くには、船頭たちの信仰を集める弁財天の赤い祠(ほこら)が鎮座していた。さして大きい祠ではないが花や酒樽が供えてあるところからみて、土地の者の信仰が噂どおりの深いものであることがうかがえた。

水飛沫(みずしぶき)を飛ばしながら、流れの荒い天竜川を下る通船は、時折、川底から突出した岩や、沈んだ大木にぶつかる衝撃に、大きく揺れた。天竜川は元々、河床が高く、川底から突き出た岩や転がる岩、流木などにぶつかって船底に穴があき、通船が沈没するという事故が、しばしば発生していた。が、事故が頻発するわりには、事故によって溺れ死ぬ者はほとんどいなかった。天竜川の河床の高さが、通船が沈没・転覆した場合の船客の救助を容易にしていたのである。

隼人が船の沈没を覚悟の上で天竜川通船に乗り込んだのは、伊那、飯田の間を旅する時間(とき)が陸路を行くより八割近く短縮できるとみたからであった。

隼人は、必ず、伊賀組の面々が、隼人のたどった道筋を突きとめ、いずこかで待ち伏せるであろうと推考していた。岡崎にできるだけ近づく。岡崎近くでは、伊賀者もあからさまに攻撃は仕掛けてくるまい、と隼人は読んでいた。

大揺れに揺れる通船は、激流渦巻く天竜川の、川面に突出した岩と岩の狭間を、船頭の鮮やかな棹さばきで避けながら、流れのままに下っていった。

飯田宿の弁天港に着いたとき、お藤は船酔いでもしたのか、青ざめた顔をしていた。頭痛がするのか額を指で押さえている。

弁天港の間近にある、弁天厳島神社の大屋根が見える。伊那の弁天社と違って、赤い鳥居がそれなりの威風をそなえて、大地を踏みつけていた。

弁天厳島神社を視線の端にとらえながら、通船から船着場に降り立った隼人は、腰に下げた印籠を手にとり、つづいて通船から下りてきた与八、お藤を振り返っていった。

「与八、この印籠に酔い止めの薬が入っている。茶店で介抱してやれ」

へい、と印籠を受け取った与八に、お藤が神妙な顔つきで頭を下げた。

「すまないねえ。迷惑かけちまって」

一瞬、与八は、お藤の顔を見つめた。苦しいのか、顔を顰めている。与八は、お藤のその顔を色っぽいとおもった。不意に湧き出た、場にそぐわぬ感情に、与八は焦った。照れ隠しに、やけに冷たくいった。

「旅は道連れ。かわいげのない女でも、病気じゃ仕方がねえ。面倒みてやらあな」

お藤が、恨めしげな目つきで与八を見上げた。その目が、前にも増して色っぽかった。

ついつい見とれそうになった与八は、あわてて、視線をそらした。

印籠の薬が効いたのか、お藤のきかぬ気の性分がそうさせたのか、小半刻（三十分）のちには、お藤は起きあがっていた。

顔色から見て、お藤の体調が、もとの何の不安もない状態に戻っている、とはおもえなかった。が、お藤は、

「大丈夫」

と言い張り、

「追手が追いつかぬうちに、少しでも岡崎に近づかなければ」

と旅支度を始めた。

お藤なりに、天竜川通船を利用した意味を理解していたのだ、と隼人はおもった。

数歩遅れての同行ではあったが、隼人は、お藤の所作や振る舞いから、与八の

見込みどおり、おそらくお藤は、深川の鉄火芸者・蝶奴その人であろう、と推断していた。お藤の身から発する、はっとするほどの色気は、そんじょそこらの色街の女にはない、華やかな大輪の花を感じさせるものであった。が、不思議なことに、それほどの妖艶さがありながら、お藤には、花街の女にありがちな、淫らさをともなう崩れたところがなかった。どこか凛とした、武家娘の持つ厳しさが垣間見えるのだ。

隼人は、尾張名古屋のどこかに与八あてにとどいているであろう、江戸南町奉行所からのお藤の身辺の調書を読むのが楽しみになっているおのれに気づいて、苦笑いを浮かべた。

（親父殿の行方を見極め、それなりの決着をつける。それ以外のことを、いまのおれは、考えてはならぬのだ）

隼人は、一瞬浮かんだ甘やいだおもいを、強く断ちきった。

「出かけるぞ」

与八に声をかけ、茶店をあとにした隼人は、伊那街道を岡崎へ向かって、悠然と歩を運んだ。

四

飯田から伊那街道を南下した隼人たちは、駒場でその夜の宿をもとめることにした。

伊那街道には、中山道に見られるような旅籠（はたご）が建ち並ぶ宿場は少ない。ほとんどが、いわゆる馬方宿だけの宿場であった。

駒場宿を出て寒原峠（かんばらとうげ）を越えると、浪合の関所となる。そのため、岡崎へ向かう旅人の多くが、駒場宿に宿泊した。

幕府直轄の浪合の関所から治部坂（じぶざか）を越えると、平谷、赤坂、根羽（ねば）と宿場が連なる。根羽は伊那街道と瀬戸街道が合流する、中馬往来の十字路ともいうべき宿場でもあった。

隼人は、伊賀組たちが待ち伏せしているとしたら、根羽から杣路（そまじ）峠を越えた稲武、伊勢神峠のあたり、と考えていた。

伊勢神峠には、伊勢皇太神宮遥拝所があり、北からの伊勢神宮、南からの善光寺詣での旅人たちが、

「伊勢皇太神宮遥拝所も参ることができる」

と、好んでたどった道筋でもあった。そのため、参宮、参詣の旅人に擬した伊賀組の者が行動しやすいとも、隼人は推量していた。

　隼人は、

（こんど伊賀者たちが襲ってきたときは、いままでのようなわけにはいくまい）

と、みていた。

（与八やお藤を、おれの戦いにこれ以上巻き込むわけにはいかぬ）

　隼人は、どこで与八たちと別行動をとるか、とおもいはじめていた。

　直参旗本・小普請組配下の旗本と、知り合いの江戸南町奉行所の岡っ引き夫婦が、熱田詣でのため、中山道から甲州道、伊那街道とぶらぶら旅を楽しんでいる、という触れ込みで、浪合の関所を通った隼人たちは、根羽あたりにさしかかっていた。

　不意に隼人が立ち止まった。

「ここいらで武田信玄が死んだって話ですね」

　つられたように足を止めた与八は、感慨深げに周囲の景色を見渡している。お藤も、そのことを知っているらしく、ぐるりに視線を走らせていた。

　隼人は、与八とお藤に顔を向けた。

「与八、お藤、ここで別れよう」

　ふたりが、訝しげに隼人を見た。その目に、

（生半可な理由では、別れない）

　との強い意志が籠もっていた。

「おれに生あらば、数日中に、宮宿は熱田の大鳥居のところへ必ず行く。そこで待ち合わせることにしよう」

　隼人のことばに、与八が応じた。

「この先のどこかで、伊賀者が襲ってくる。そうおもっていらっしゃるんですね」

「伊勢神峠あたりで待ち伏せている。そんな気がするのだ」

「木曾路を来た伊賀者が伊那街道に抜け出て待ち伏せる。伊賀者の足を考えると、そこらへんでの襲撃はありそうですね」

「おれひとりでもどうなるかわからぬ相手。すまぬが、おまえたちを守れるかどうかわからぬのだ」

隼人は申し訳なさそうな顔つきで、そういった。

「わかりやした。あっしは尾張名古屋へ先乗りしやす。いろいろとやることもありやすし、探りのひとつもいれときまさあ」

意外なほどあっさりと与八は、別々に旅することを承知した。

が、お藤は、

「あたしは御免ですね。それじゃお役目が果たせない。仙石の旦那を見張るのが、あたしの役目なんだ」

と言い張って、譲らなかった。

お藤が、一度いいだしたら梃子でも動かない、利かん気の気性であることを、隼人も与八も、いままでの道連れ旅でよくわかっていた。

「好きにしろ」

根負けした隼人が、諦め顔でいった。

「好きにさせてもらいますよ。あたしは、一日も早く借りを返したいんだ」

お藤が睨みつけた。

「借り？　何でえ、そりゃあ」

横から与八が口を出して、隼人とお藤の顔を興味深げに見くらべた。

「与八さんには関わりないこった。気にしないでおくれ」

きついお藤の物言いだった。与八は、首をすくめた。

「そうかい、そうかい。おれだけ仲間外れかい。隼人の旦那も、けっこう冷たいねえ」

黙って横を向いている隼人の顔を覗き込んだ与八は、にやりとして、いった。

「それじゃ、あっしはこれで。落ち合う先は、宮の、熱田の大鳥居。旦那、逃げるが勝ち。のぞんでの喧嘩は金輪際、やめておくんなせえよ。お命大事にお願いしやすぜ」

いつもと違った、生真面目な与八の口調だった。

「江戸で、おまえと同じことをいったお人がいた。もっとも、おまえと違って、譴責に近いものだったがな」

ふっ、と隼人は不敵な笑みを浮かべ、

「熱田の大鳥居で待っておれよ、与八」

そういって、与八を見つめた。

目線で応じた与八は、軽く腰をかがめた。

「しばらくのお別れでございやす。お藤、隼人の旦那の足手まといになるんじゃねえぞ」

「あいよ。あんたこそ、山道でこけて、怪我するんじゃないよ」

お藤が軽口でいいかえした。

「これだ。まったくかわいげのない女だぜ」

そういいながら、振り分け荷物を肩に担いで与八は足を踏み出した。

与八が曲がりくねった道を折れて木蔭に消えたとき、

「行くぞ」

と隼人は歩きだした。数歩遅れて、お藤も歩みをすすめた。


伊勢神峠では何事も起きなかった。伊勢神峠を越えたあと、今夜の泊まりと決めていた桑和田へ向かう途中、足を早めて追いついたお藤は、肩越しに隼人にいった。

「見込みがはずれましたね、旦那。伊勢神峠では、なんにも起きなかったじゃありませんか」

うむ、と隼人はうなずいた。

「こんな見込みはずれなら、何度はずれてもいい。おれは、遊び心でやる喧嘩は好きだが、本気でやる、命のやりとりは大嫌いなんだ」

そういって隼人が見返ったとき、お藤はすでに、いつもの数歩遅れたところに戻って、素知らぬ顔で歩いていた。

五

翌日の昼四つ（午前十時）、のんびりと桑和田を出立した隼人は、足助宿の茶店で、ゆったりと茶をすすっていた。

口喧嘩でもしたのか、お藤の姿は見えない。そのことが逆に隼人をして、気楽な気分にさせているらしかった。

隼人は伊那街道を行き交う、荷を運ぶ引き馬の群れを、ぼんやりと眺めている。

足助宿は、伊那街道随一の宿場といってもよかった。足助川に沿って紅葉の名所である香嵐渓が、道行く人の足を止めさせるほどの渓谷美を誇っている。一方には、馬方宿がつらなる渓谷沿いの宿場町がひろがっていた。

足助川は、矢作川と合流し、岡崎宿の西をかすめるようにして三河湾に注いでいる、舟運の盛んな川筋でもあった。

隼人は小半刻ほど茶店で休んでいた。中継ぎ馬の数は増えつづけ、狭い道幅の伊那街道は、行き交う馬と馬方で、身動きもままならぬほどの混雑ぶりであった。それにしても、隼人の動きは不思議であった。目的を持った旅人であれば、道を急ぐはずであった。が、隼人は動こうとしない。

そろそろ半刻（一時間）にならんとしていた。隼人はゆっくりと重い腰を上げた。茶店の老婆に、

「茶代はここに置くぞ」

といいおいて、小銭を縁台に置いた。ゆっくりと街道筋へ足を踏み出す。

馬を引く百姓と肩を擦り合わせるようにして、しばらくは馬方宿などの建ち並ぶ側を歩いていた隼人は、どういう気分の変化か、道を横切って渓谷沿いの道を行き始めた。

と、突然、隼人の近くで爆発音が響き、数カ所で白煙が立ち昇った。何者かが、煙玉を投げたに相違なかった。

積み荷を背にした馬と百姓がひしめく狭い道である。爆発に驚き、いななき荒れ狂う馬の暴走と、肝を潰した百姓の右往左往のあわてぶりに、あたりは乱れに乱れた。

そんな混乱を横目に、十数人の野良着姿の百姓たちが、手にした菰包みに隠していた刀を抜き放ち、渓谷の崖際に難を逃れた隼人めがけて襲いかかった。野良着姿の百姓、それは、伊賀組七番衆三之組組頭・竹部宣蔵と諸岡清吉、助勢の四之組組頭・三田長市らの変装姿であった。

が、暴れ馬のとり鎮めに必死の百姓たちは、そんな男たちの姿を気にかけようともしなかった。暴れ馬の一頭が、いまにも斬りむすぼうとする隼人や男たちの間に割って入った。隼人は、その馬の動きを利して、混乱のなかに紛れ込もうとした。

追いすがる諸岡清吉は、踏み込んで、隼人めがけて刀を振るった。その刀の切っ先が、馬の尻をかすった。高くいななないて、馬は、いきなり後ろ脚で立ち、前脚で諸岡に蹴りかかった。諸岡は、刀を振るって、馬の攻撃を避けようとした。諸岡の腕をもってすれば、馬の脚を斬り落とすなど造作もないことであった。誰もが、前脚を断たれて血飛沫を撒き散らし、前のめりに倒れる暴れ馬の姿を予測した。

が、馬は倒れなかった。脇腹から一方の肩口まで斬り裂かれ、血飛沫をあげて倒れたのは、諸岡清吉であった。

諸岡清吉の噴き散らした血に驚いたあばれ馬が駈け去ったそのあとには、血刀を手にした隼人がいた。

身構える隼人には見向きもせず、激痛にのたうつ諸岡清吉に駈け寄った百姓がいた。諸岡清吉の胸元に刀を突き立てる。無造作な、何の感情もこもっていない動きだった。明らかに、諸岡清吉に止(とど)めを刺すためだけの所作といえた。

「絶命間近の者にも止めを刺す。忍びの掟(おきて)とは、無惨なものだな」

諸岡清吉に刀を突き立てた百姓は、隼人を振り返り、見据えた。伊賀三之組組頭・竹部宣蔵であった。

「苦しさに負けて、秘密のことを生死の間際に口走らぬとも限らぬ。それに」

竹部が、片頬に陰惨な笑みを浮かべた。

「止めを刺すことは、すなわち、楽にしてやる、ということだ。慈悲のこころで行うことぞ」

「笑止。おのれらの非情を美化するだけの、ただの屁理屈よ」

「ここで、殺す」

分厚い唇を歪めて、竹部はせせら笑った。三白眼(さんぱくがん)の奥底に、凄まじいまでの憎悪が籠(こ)もっている。

隼人は青眼に構えた。伊賀者たちは半円を描いて、じりっじりっと隼人への包囲をせばめてくる。

諸岡が尻を斬ったあばれ馬の狂いたった動きに、街道筋の混乱はさらに激しくなっていた。が、不思議なことに、血の臭いを馬たちが嫌ったのか、隼人たちのいるあたりは、さながら小さな空地と化していた。

左右の、混乱の壁が波打ちながら、次第に狭まってくる。

突然——。

傷つき、興奮さめやらぬあばれ馬を押さえにかかった百姓が蹴り飛ばされ、凄まじい悲鳴とともに宙に飛んだ。

その悲鳴を合図にしたかのように、おさまりかけていた馬たちの暴走が始まった。

馬たちの一群が、隼人らが睨み合う一角に襲いかかった。

迫りくる馬群に隼人を包囲した伊賀者のかたちが大きく崩れた。隼人は、竹部との間に割り込んだ馬の、馬体の蔭に隠れ、動きにつれて走った。

竹部は必死に追いすがった。三田ら四之組もつづいた。

と、隼人の姿が忽然（こつぜん）と消えた。

竹部は、地に転がった。危険な行為であった。まわりの、荒れ狂う馬群と百姓たちの、ただ右往左往するだけの、氾濫する川に似た動きによって踏みつけられることは覚悟の上の動きであった。

それほどの危険をおかして竹部が求めたもの、それは、馬体の横にしがみつく隼人の姿であった。

はね起きざま、竹部は十方手裏剣を投じた。隼人の背か、馬体に突き立つはずの十方手裏剣であった。が、馬体から飛び降りざまの、隼人の抜き打ちが、竹部の放った十方手裏剣を叩き落としていた。

隼人は、暴れ馬の群れを抜けて、走った。竹部が追う。

隼人の向かった先は切り立った崖であった。眼下には、足助川が、岩を嚙んで流れている。

万事休す——。

振り向いた隼人の眼に、迫る竹部の姿が映った。竹部の背後では、四之組の面々が包囲の輪をせばめていた。

「配下の無念、晴らさずにはおかぬ」

鬼の形相(ぎょうそう)と化した竹部が、斬りかかった。まさしく、体当たりの一撃であった。

竹部の必死の右八双の攻撃をかわした隼人に、間髪を入れぬ竹部の返し技が襲った。その太刀を鎬で受けた隼人は、竹部の太刀を持つ手を摑んだ。竹部も隼人の剣を持つ手を摑んだ。

太刀を手にしたままの組み打ちとなった。激しい揉み合いは、足下の岩場を踏み砕いた。隼人は焦った。背が、伊那街道側に向いていた。竹部が叫んだ。

「いまだ。おれもろとも刺せ。容赦はいらぬ。刺せ」

「竹部。おぬしの死、無駄にはせぬぞ」

三田長市が刀を突き出して、迫った。

隼人は、三田の攻撃をかわすべく渾身の力を振り絞った。躰の、すべての重みを竹部に、かけた。

隼人と竹部の躰の位置が入れ替わった瞬間、足下には、すでに、崖は存在しなかった。隼人の足は、空を踏んでいた。

ぐらり、と隼人と竹部の躰が傾いだ。

次の刹那――。

隼人と竹部の躰はひとつになって、峻険極まりない香嵐渓の、はるか眼下の、足助川めがけて落下していった。

崖っぷちに駈け寄った三田長市らが見たもの、それは、岩場に激突し、水飛沫をあげて足助川に水没する隼人と竹部の、断末魔の姿であった。

享元絵巻

一

東海道四十一次目の宿場・宮から尾張名古屋までは約一里半の道のりであった。宮宿・熱田湊から東海道四十二次目の宿場・桑名へは、「七里の渡し」と呼ばれる舟で渡った。およそ二刻（四時間）の船旅である。

与八が隼人と待ち合わせた熱田の大鳥居は熱田神宮の参道入口ともいうべき位置づけのもので、熱田湊の船着場近くに存在した。

与八が隼人と別れて、すでに十日が経過していた。

与八は、昼間は熱田の大鳥居のまわりをぶらぶらして過ごした。夜は、名古屋城下へ出かけては西小路、富士見原、葛町などの三郭や水主町、天王崎門前、巾下新道、飴屋町、綿屋町、古渡などの遊里で遊女たちを冷やかしながら、探索をつづけていた。

与八が摑んだことによると、千石船のお大尽の遊びぶりは見事なもので、三味線を弾きながら口ずさむ常磐津は、

「さすがに江戸仕込み」

と土地の玄人たちを感嘆させるほどの粋すじの芸、との評判をとっていた。

探索をつづける与八のなかに、次第にある確信が生まれはじめていた。与八は江戸南町奉行大岡越前守忠相配下の岡っ引きである。大岡忠相の密命を帯びて江戸を出立する前に、仙石隼人と、父・武兵衛の身辺の探索は十二分にすませていた。

その探索の結果得た仙石武兵衛にかかわる事柄と千石船のお大尽の動きが、調べれば調べるほど重なってくるのだ。

正直いって与八は困惑していた。隼人に父親殺しをさせたくないと、心底、願っていた。

が、調べあげたことは逐一、包み隠さず隼人に話さねばなるまい、と与八は考えていた。

（気が重いことだ）

隼人の無事を祈り、隼人との再会を待ちわびながら、

（千石船のお大尽の噂、もっと聞き込んで、できれば、武兵衛様ではないとの確証を得たいもんだ）

と夜な夜な遊里へ出かけての探索をつづけていた。が、探索をつづければつづけるほど、千石船のお大尽と武兵衛の姿かたちと挙動が一致してくるのだ。

気にかかるのは、千石船のお大尽の周囲の、異常なほどの警戒ぶりだった。千石船のお大尽には、つねに、御土居下御側（おどいしたおそば）組同心数名が付き添っていた。

御土居下御側組同心とは、名古屋城総構えの工事が、元和（げんな）元年（一六一五）、豊臣家滅亡のため、三の丸東北部の御土居が完成されることなく終わったことが因（もと）となって設けられた役職である。

塀も堀も築かれることなく放置された御土居の下、その北側にある低地は御土居下と呼ばれた。

寛永三年（一六二六）、この御土居下に御土居下御側組同心、俗に、御土居下衆といわれる十八家が住みついた。

御土居下衆はいずれも七石二人扶持（ぶち）という微禄で、足軽同然の身分であったが、常時、袴の着用と帯刀を許され、士分に準ずる格式を与えられていた。

御土居下東矢来木戸番所、名古屋城の北を守る御深井（おふけい）御庭（おにわ）や高麗門番所の番人が、表向き、御土居下衆の役目とされていた。が、その実体は、名古屋城に落城の危機が迫ったとき、忍び駕籠（かご）に藩主を乗せ、木曾路へ逃れる、という極秘任務を担っていた。

御土居下衆各家には、それぞれ鉄砲術・剣術・馬術・軍学などの武術が相伝されていた。

いずれの城にも「うずら口」という落城の際の脱出路が設けられているが、御土居下衆こそ、まさしく生けるうずら口ともいうべき存在の者たちであった。

藩主に危機が迫ったときにのみ、与えられた任務を果たすことができる、という奇妙な宿命を持つ御土居下衆のこころの奥底には、つねに、不平不満が渦巻いていた。

「戦乱あってこそ役立つ任務」

つまるところ、戦乱が起こらなければ、何の価値も認められない役向きの者。それが、御土居下衆だったのである。

そんな御土居下衆の活発な動きは、戦乱間近の予感を、与八に抱かせた。

さらに、数日前から、御土居下衆以外の、見るからに俊敏そうな、鍛え上げた筋骨が衣ごしに察せられる尾張の下級藩士らしき者の姿が、名古屋城下のあちこちで見られるようになっていた。御土居下衆と行動をともにする下級藩士の身のこなしから見て、

（伊賀者に違いない）

と、与八は推定していた。

伊賀者らしき下級藩士の数が城下に増えたことから、与八は、隼人襲撃の任を終えた伊賀者が名古屋へ引きあげてきた、と読んでいた。

（ここ数日のうちに姿を現さなければ、仙石の旦那は伊賀者と斬り合って死んだ、とみるべきだ）

そう、与八は判断していた。

与八は、この日も、熱田の大鳥居の近くにいた。大岡越前守からの書状を、草として熱田湊近くに住みついている公儀隠密が商う飛脚屋へ出向いて受け取った与八は、松の大木の根もとに座り、読みはじめた。

書状には、深川の鉄火芸者蝶奴（ちょうやっこ）の身辺探索の結果がしたためられていた。

［蝶奴こと篠沢藤乃（ふじの）。芸州浪人・篠沢作左衛門（さくざえもん）の娘なり。黒船町の裏長屋にひとり住まいする作左衛門は、数日前に心の臓の発作のため急死。長屋に住まう者の

好意により、ささやかな葬(とむら)いが行われ、遺体は近くの仁念寺に埋葬された由(よし)。蝶奴はひと月前、身請け金二百両を自ら支払い、置屋を出たまま消息を絶っている

忠」

一切の無駄を省いた文言は、実務主義の官僚・大岡越前守らしいもの、といえた。

与八は、気が重くなった。お藤が蝶奴である可能性は、ますます高くなった。父親の死をいずれはつたえなければならない。

(仙石の旦那に千石船のお大尽のことを話すだけでも気乗りしないのに、お藤のことまで背負っちまった。ついてねえ)

ふう、と与八は大きく溜息(ためいき)をついた。

大きな欠伸(あくび)をし、両手を高くあげて伸びをしながら立ち上がった与八は、熱田の大鳥居へ視線を走らせた。

刹那(せつな)――。

与八の眼が大きく見開かれた。首を突き出して、瞠目(どうもく)した。

大鳥居の下に、たしかに、ふたりがいた。

与八は、両の頬を、両の手で軽く叩いて、眼をこすった。さまざまな考えごと

に疲れた頭を目覚めさせるための所作であった。大きく目を見開いて、凝然と見つめた。

隼人とお藤が、大鳥居の下に人待ち顔で立っていた。

二

「伊賀者の最後の待ち伏せ場所は足助宿（あすけしゆく）とふんだおれは、香嵐渓（こうらんけい）の崖から足助川に落下したと見せて、打ち合わせどおり、お藤が手配してくれた舟に乗り込み、一気に岡崎に向かう、という段取りだったのだが、予期しないことが起きてな、それで少し宮に着くのが遅れた」

隼人は、そういって与八を見た。

大鳥居で再会を果たしてから一刻（いっとき）（二時間）後、隼人たちは、熱田神宮近くの旅籠（はたご）・鳴海屋の二階の一室にいた。与八が、

「連れが来るのを待っている」

と連泊をつづけていた旅籠であった。

「予期しないことと、いいやすと？」

与八の問いかけに、お藤が口を挟んだ。

「旦那が崖の上で、伊賀者と組み打ちになってね。ふたりで落ちてしまったのさ。岩にぶつかって、川の中へ沈んだ旦那を、待ち受けていたあたしが、助け出した。そこに余計者がしがみついていたってわけさ」

「余計者？」

「おれと組打っていた伊賀者さ。顔の半分は岩に激突した衝撃でぐちゃぐちゃに砕けていてな。左手首から先も潰れていて骨が露出していた。それでも右手ひとつで、おれの襟首(えりくび)を摑んで離れない。で……」

「仙石の旦那は、その伊賀者を、これは治療代だと、大枚五十両をつけて、岡崎の町医者に預けたのさ。傷が治ったら、かならず旦那をつけ狙うに決まっている。おやめなさいって何度もいったんだけど、いうことをきかないんだよ、旦那は」

「旦那、どういうことでさ。敵を助けるなんて、理屈に合わねえ」

与八が、口をとがらせた。ひょっとこの面そっくりな顔つきになった与八は、不満げに鼻を鳴らした。

「組打ったときの伊賀者の眼が、おのれを捨てきったあの眼が、なにやらこころに突き刺さってな。このまま死なせたくない。ただ、そう思ったのだ」

「旦那、そんな悠長な立場じゃねえでしょう。あっしらは、どうなるんでえ。旦那に死なれちゃ困るんだ」

与八が腕をまくりあげた。

隼人は、困惑している。ややあって、隼人がいった。

「……与八、嬉しいことをいってくれるな。だが、おまえの役目は、おれを見張り、動きを逐一江戸の誰かにつたえることではないのか」

「旦那、水臭え話はよしにしやしょう。あっしは、気分で旦那とつきあっているんだ。役向きのこたあ、脇に置いときやしょうぜ」

「……ひとつだけ頼みがある。おれが死んだら、遺髪の一本でもおれの屋敷にとどけてくれ。喜右衛門が菩提寺に弔ってくれるはずだ。与八、おまえはおれのかわりに長生きしろ」

そういった隼人は、与八をじっと見つめて、にやりと笑った。その場の重い雰囲気を吹っ飛ばす、悪戯小僧のような笑いであった。

与八の気負いが消えた。

「ここだ。どこまでが本気で、どこからが冗談か、さっぱりわからねえ。いいですよ。好きにさせてもらいやす。気分次第って約束ですからね」

与八は、ふてくされたように、そっぽを向いた。隼人は、笑みを含んで、与八を見ている。

しばしの沈黙が流れた。

ちら、と視線をお藤に走らせて、与八がいった。

「旦那、ちょっと……」

膝をすすめた与八は、懐から取り出した書状を隼人に渡した。

「頼んでいたことの返書か」

隼人の問いに、与八は無言でうなずいた。

隼人は書状を開いた。じっと書面を見つめる。その顔には、いつもの隼人にはない、暗い翳が宿っていた。与八はその翳を、隼人の優しさがもたらしたもの、と感じていた。

「……どうしたものかと」

与八の問いかけが、隼人の決断をさそった。

うむ、と隼人はうなずき、お藤に向き直った。

「お藤、すまぬが、おまえではないかとおれが勝手に推測した深川の芸者のことを調べさせてもらった」

傍目にも、お藤が身を硬くするのがわかった。大きく見開いたきつい目で隼人を見据えている。

「探索の結果を知らせてきたのが、この書面だ。もし、おまえが深川の芸者・蝶奴だとしたら、つたえねばならぬ大事が、ここに記されている」

隼人は書状を渡すべく、お藤に向かって手を伸ばした。

お藤は、その書状を受け取り、開いた。読み終えた後、俯いて、膝の上で、書状を固く握りしめた。手が、小刻みに震えていた。

「……どうやら図星だったようだな」

隼人が、静かにつづけた。

「すぐに、江戸へ引き返したほうがいいのではないのか」

お藤は黙っている。

息苦しいほどの重圧が、その場を支配していた。ややあって、

「江戸へは戻りません」

顔を上げたお藤が、きっぱりと、いいはなった。

隼人は、じっとお藤に目を据えている。お藤が、隼人を真正面から見つめた。

「仙石の旦那のお見通しのとおり、わたしは深川の芸者・蝶奴。実の名を、篠沢作左衛門の娘・藤乃と申します」

「もう一度、いう。帰って父御の菩提を弔ってやるべきではないのか」

お藤は、隼人を、きっと見据えた。

「わたしにも意地がございます」

「意地？」

「わたしは側用取次・牧野備後守様の密命を帯びる者。仙石様の動向を探り、牧野様に報告するのが任務でございます。その任務を果たしたら、永の浪々の身であった父・作左衛門をしかるべき藩に仕官させるとの、牧野様との約定を取り交わしておりました」

「お藤が任務についている間は、父御の面倒をみるとも牧野は約束したんだな」

お藤はうなずき、いった。

「それも、細やかに、ということでございました」

「意地か……」

「牧野備後守様はおっしゃいました。『おそらく仙石隼人は、尾張名古屋で斬り殺されるであろう。その死に様を、詳しく報告してくれ』と。わたしは、仙石様を生きたまま江戸へ連れ帰りたいのでございます」

「なるほど。それで、旦那と一緒に牧野備後守の屋敷へ乗り込み、このとおり仙石様は生きておられます。ご愁傷さま、とやりたいわけだな」

与八が、したり顔で口を挟んだ。

お藤は無言で微笑(ほほえ)んだ。

「そうか。牧野備後守が、おれは斬り殺される、といったか。あの、牧野がな」

隼人の片頬に、冷えた笑みが浮かんだ。それは、隼人が、与八たちにはじめて見せた、肝胆(かんたん)を凍らせる、凄みを含んだものであった。

三

与八は隼人に、葛町などの遊里を歩いて得た千石船のお大尽に関わる噂を話してきかせた。多少の問いかけをして、与八から答を得た隼人は、腕を組んで眼を閉じ、黙り込んだ。

与八もお藤も、ことばを発しようとはしなかった。

ややあって、隼人が口を開いた。

「葛町へ行ってみよう。与八には悪いが、おれは、自分の耳で千石船のお大尽の噂を聞いてみたいのだ」

「遠慮は無用に願います。旦那の得心のいかれるまで、とことん、お調べなすったらいい。なんせ……」

といいかけて与八はことばを呑み込んだ。旦那の、血肉をわけた親父さんのことですからね、とはさすがに与八もいえなかったからだ。

それまで黙っていたお藤が、一瞬漂った間の悪さを、埋めるようにいった。

「葛町に行く前に、行かなきゃいけないところがありますよ」

訝しげな面差しを向けた隼人と与八に、お藤が揶揄を含んだ笑みで応えた。

「与八さんはともかく、今元禄と噂の高い、百花繚乱の尾張名古屋の三遊郭のひとつ、葛町に乗り込むには、旦那の格好はあまりにもお粗末じゃございませんか。わたしの見たてで粋な着流しに着替えるのが先ですよ」

その夜は、

「これからの探索にそなえ、今夜は休もう」

との隼人のことばで、どこにも出かけず、床についたお藤だった。ふつうなら、長旅の疲れでぐっすりと寝入るはずの一夜であった。

が、お藤は、一睡もできなかった。

(父の死をみとれなかった)

お藤は、忸怩たる思いにとらわれていた。

(牧野備後守の突然の頼みを、引き受けるべきではなかった)

お藤は、深川芸者・蝶奴として、贔屓にしてくれる材木問屋・加洲屋伊助の仲立ちで、牧野備後守に引き合わされた。

加洲屋伊助には、つねづね父・作左衛門の仕官先を見つけてくれるよう依頼していたのだ。

牧野備後守が切り出した話は、お藤にとって、いい話に思えた。芸者稼業にも嫌気がさしていたお藤は、

「任務を果たした後、篠沢作左衛門をどこぞの藩へ仕官させる」

と記した牧野備後守の約定書と支度金三百両を受け取り、隼人を見張る旅に出たのだった。

約定書をしたためたその日、牧野は、お藤の留守中は責任をもって作左衛門の面倒をみる、と約束してくれたのだった。

（牧野備後守に裏切られた）

との思いが強い。

お藤は、父・作左衛門との、貧しかった日々を思い出していた。

お藤が物心ついたときには、父はすでに浪人となっていた。仕立ての内職に明け暮れていた母は、お藤が十三の夏に風邪をこじらせ、床についてわずか十日で、あっけなくあの世へ旅立った。

それまでの作左衛門は、家計のことなどかえりみず、仕官の道を求めて、あてもなく動き回っていた。

たつきのすべてを母が稼ぎ出していたのである。母の死は、働きづめに働いた結果のことであった。

さすがの作左衛門も、日々の暮らしのために傘張りの内職を始めた。だが、つねづね、

「どこぞの藩に仕官したい」

といいつづけた。

仕事に身の入らない作左衛門の内職は、仕上がりに問題あり、ということで何度も打ち切られた。打ち切られては頼み込んで、また傘張りの内職をする、とい

う暮らしが数年つづき、やがて、その内職もこなくなった。

まさしく困窮の日々がつづいた。見かねた長屋の住人が、お藤に、深川の芸者になることをすすめた。

お藤は苦界に身を沈めることを、父には相談しなかった。

「浪々の身とはいえ、わしは武士。武士の娘としての誇りを忘れるでない」

と反対されることは明らかだった。

（父は、現実の、目の前の暮らしを理解しようとしない）

お藤は、深川の芸者になった。母の死から四年後、十七歳のときであった。

（芸者になって五年になる……）

三味線、踊りと、それこそ血の滲むような修業をつづけたお藤だった。が、なかば欺かれた形で躰を贔屓客に奪われ、女にされたお藤は、そこで、あらためておのれの置かれた立場をさとった。

――しょせん芸者は、芸だけでなく、躰も売り物の商い。

お藤は贔屓客をうまくあしらいながら、躰を売らずにすむように立ち回ってきた。それでも、贔屓客の何人かに無理強いされ、躰を与えざるを得なかった。

そんな芸者の暮らしから解き放たれた、と考えれば、牧野備後守の密命は、お藤にあらたな人生をもたらした、といえるかもしれない。

（とにかく明日は熱田神宮に参って、父の死を悼むことにしよう）

お藤は眠れぬまま、走馬燈のように脳裡を駆けめぐる父との暮らしを思いだしていた。

払暁――。

夜具から起き出して着替えたお藤は、隣室に眠る隼人たちに気づかれぬよう、そっと、部屋の腰高障子を開けた。

廊下に出たお藤は、音を立てぬよう気遣いながら腰高障子を閉め、忍び足で階段を降りていった。

忍び足で出かけていったお藤の動きを、察知していた者がいた。隼人である。

隼人はできうるかぎりお藤の気儘にまかせよう、と考えていた。

悶々と眠れぬ夜を過ごしたのは、隼人も、お藤と同じであった。

床についてから、隼人は、与八から聞いた千石船のお大尽の噂を、さまざまな角度から分析していた。

三味線を爪弾きながら、常磐津を口ずさむときの姿形。服装の好み。決しておのれを失うことなく、ちびりちびりと酒杯を重ねる酒の呑み方。背丈。顔のつくり。

（千石船のお大尽は、親父殿と、よく似ている）

そう思わざるを得ない隼人だった。

（親父殿ならば、まずは、顔をつきあわせて話し合わねばなるまい。おれの知る親父殿は、それほど話のわからぬ男ではない）

が、隼人の胸中に、封じても封じても浮かび上がってくるおもいがあった。

それは、

（おれは、親父殿ととことん話し合ったことは、一度もない。親父殿のことを、おれは何ひとつ知らないのではないのか）

ということだった。

「親父殿と、もっと触れ合っておくべきであった」

無意識のうちにつぶやいたことばに、隼人はとまどっていた。とまどいながら、おのれのなかにある父の記憶の糸を、手繰（たぐ）りつづけていた。

四

七つ半（午後五時）、隼人は、葛町遊郭に向かっていた。与八が肩を並べている。

お藤は、神明社前の、芝居の看板などが建ち並ぶ廣小路近くの古着屋で隼人の着物を見立てたあと、

「これから先は、ほっといてください」

といって、どこぞへ出かけていった。おそらく、古着屋が面した本町通り沿いにある大須観音、西本願寺掛所などに詣でるつもりとおもわれた。

隼人も与八も、気分が落ち着くまでお藤の気儘にさせておこう、と決めていた。江戸からの奇妙な道中で、たがいのこころの機微は、多少はわかる仲になっていた。

さすがにお藤の見立てはたしかだった。編笠をかぶった隼人の、黒地に、裾に金糸銀糸をあしらった花模様の着流し姿は、いかにも、放蕩に溺れきった遊冶郎としか見えない出立であった。

与八もまた、隼人とともに、尾張名古屋の三郭へ遊びに来た商人といった様子

に身繕いしていた。

「与八、江戸より名古屋のほうがおもしろそうだな」

歩きながら隼人が、小声で話しかけた。

「あっしも、同じおもいで。女が綺麗に見えまさ」

「女が綺麗に見えるか。与八はよほどの色好みらしいな」

揶揄するような隼人の物言いだった。

「旦那。あっしは、男ですぜ。並の欲は持ってまさあ。恋に、命を賭けたこともあるんでさ」

与八は、得意げに長い鼻をうごめかせた。軽業師時代の恋の鞘当ての刃傷沙汰は、与八のなかではいい思い出になっているらしかった。

隼人は、一瞬、与八がうらやましくなった。考えてみれば、喧嘩に明け暮れるのに夢中で、他のことにはほとんど興味をしめさなかった隼人であった。

（無事こんどの任務を終えたら、親父殿に恋のてほどきでもしてもらうとするか）

と——。

隼人のそんな思いを断ちきる騒ぎが勃発した。

「下がれ下がれ」

「御城主様のお通りであるぞ」

先触れの侍たちの怒鳴り声が、突然、響き渡ったのだ。

ざわめきとともに、道行く町人たちは道路の左右に土下座した。隼人も編笠をとり、地に片膝をつき、頭（こうべ）を垂れた。

御城主というからには、尾張藩七代藩主・徳川宗春（むねはる）に相違なかった。

隼人は、好奇心にかられていた。

（将軍家に反抗し、謀反まで企（たくら）む野心満々の男。どれほどの武者ぶりであろうか）

噂を聞くかぎり、宗春は将軍吉宗よりはるかに隼人の興味を惹く存在であった。

（もし裏切ったとすれば、親父殿は宗春様の人柄に、ぞっこん惚れ込んだのではないのか）

そうも、おもったことがある隼人だったのだ。

宗春の行列が東本願寺掛所のあたりから現れてきた。

行列の先触れは、編笠をかぶった、筒袖に裁（た）っ着（つ）け袴（ばかま）といった、一見武芸者風の出立であった。鍛え上げた体軀（たいく）であることが衣ごしにもうかがえた。

（尾張柳生の一門ではないのか）

そのおもいが隼人の脳裡をかすめる。

行列は、粛々と東本願寺掛所の総門から吐き出されてきた。

やがて——。

手綱を引き、陣笠をかぶった足軽が出てきた。つづいて現れたのは、白い牛であった。

白い牛の背には鞍が置かれていた。鞍には、唐人笠をかぶり、真っ赤な着物を着て、真っ赤な足袋、真っ赤な鼻緒の草履を履いた、まさしく真紅ずくめの男が座っていた。

男は手に、五尺（約百五十センチ）もあろうかという長い煙管を持っていた。長すぎて一人では持てないためか、煙管の先を、したがう奥茶道衆に担がせている。

まさしく、異様な出立といえた。

隼人は頭を垂れたと見せかけて、男に視線を注ぎつづけた。

供の者の警戒ぶり、まわりの様子から見て、白い牛に乗った男は尾張藩主・徳川宗春に相違なかった。

(この男が、将軍家に謀反を企む張本人か)

隼人は、宗春の一挙手一投足、そのわずかな動きをも見逃すまいと凝視しつづけた。

宗春は煙草を吸いながら、土下座した町人たち、道脇に跪く武士や浪人たちを睥睨しつづけていた。その眼に宿るものは傲慢であった。粗相のひとつでもあろうものなら、すぐにでも咎め立てしてくれよう、との冷徹、皮肉を込めた面差しで、ぐるりに視線を走らせている。おのれの権威をたしかめずにはおかぬ、とのおもいがそれらの所作にこめられていた。

(此度の謀略、宗春公が中心となってすすめているとはおもえぬ)

さしたる根拠はなかった。が、隼人のなかに突然、湧き出た推断であった。隼人は、おのれがそう決めつけた根拠を探し出そうと、あがいた。

記憶の片隅にあった何人かの男の眼と宗春の眼が重なった。それらは大店の跡取り息子で、自分の我儘を通すことが、自分の力を示すことだと勘違いしている男たちだった。浅草や下谷廣小路で地回りのやくざたちを引き連れては、いい気になっている、そんな類の、世間知らずの放蕩息子と同じ目つきだった。

(宗春公をおだて上げ、反逆の旗印に担ぎ上げた者がいるのだ。千石船のお大尽

を手繰れば、たどり着くはず）

数十人の供を引き連れて行き過ぎる、白牛に跨った宗春を視線の端に捉えながら、隼人は、まさしく敵地に乗り込んだ、との実感をじっくりと噛みしめていた。

五

葛町遊郭をそぞろ歩きしながら、隼人は町中のいたるところに視線を走らせていた。隼人にとって、ここは戦場であった。戦場であれば、攻め込むところ、退く道筋は、しっかりと把握しておかねばならない。

隼人は脳裡に葛町遊郭の絵図を叩き込んだ。

ひとわたり歩いた隼人と与八は、茶店で一休みすることにした。

その茶店は辻の一角に位置しており、藁屋根の細長く連なる一棟に、濡れ縁つきの畳の間や緋毛氈をかけた縁台の置かれた中庭などが配されていた。

隼人は辻に面した濡れ縁に腰を下ろし、茶をすすっていた。編笠をかぶっている隼人の顔は半分ほど隠れており、身に着けている華やかな紋様の、いかにも粋筋の出立からみて、いままでの隼人しか知らぬものには、とても隼人とは見分けられる様相ではなかった。

と、茶碗を持つ隼人の手がとまった。

「どうなすったんで」

与八が、声をかけた。

「見知った顔がいる。斜め向こうの廓〈伽羅楼〉の店先だ。藩士らしい出立の二本差がいるだろう。たぶん見張りをしているのだ。左右に数人ほど立っている」

与八は、さりげなく視線を伽羅楼の店先に注いだ。

伽羅楼は葛町遊郭一、二の格式を持つ廓で、客筋も尾張藩重臣や名のある文人、大分限の者にかぎられていた。

その伽羅楼の店先には数人の下級藩士らしき者がいた。

「いずれも、足助宿でおれに襲いかかってきた伊賀者たちだ」

「何ですって」

隼人のことばに与八が驚愕の目を向けた。

隼人が編笠を持ち上げて、鋭く見据えた。

「あ奴らがいるということは、あの伽羅楼に千石船のお大尽が登楼しているのかもしれぬ。そうは思わぬか？」

「たしかめてきましょうか」

与八が腰を浮かしかけた。

「動くな。奴らのひとりが視線をくれた。なに喰わぬ顔で手を叩き、茶店の女を呼んで何か食い物を注文しろ」

隼人のいうとおりだった。立ち上がった途端、与八も、鋭い一瞥の気配を感じ取っていた。与八は、奥に向かって軽く手を叩いた。中庭の、緋毛氈をかけた縁台の客の相手をしていた茶店の女が、

「すぐまいります」

と声を返してきた。

小半刻（三十分）ほど、隼人と与八は茶店の濡れ縁に座り、団子を頬張りながら茶をすすった。

「今夜は、酒はやらねえんで」

与八の問いかけに、隼人は、

「ここは戦場だ。酒は、おのれの力がそがれる」

そういったきり、黙り込んだ。

隼人は伽羅楼店先の伊賀者たちの動きを注視していた。明らかに、それまでの

動きと違っていた。あちこちから下級藩士に擬した伊賀者が十数人集まってきたのだ。それらの伊賀者たちは伽羅楼の入口を警固するように三方から取り囲んだ。

「あの男は？」

伽羅楼から周囲に警戒の眼差(まなざ)しをそそぎながら出てきた武士がいた。目線で、潜む伊賀者たちに何やら指図しているかにみえた。

（あ奴、足助宿でおれと組打った伊賀者とともに一党を差配していた伊賀者）

隼人が瞠目(どうもく)した伊賀者こそ、伊賀七番衆四之組組頭・三田長市(みたながいち)であった。

三田長市の後ろから出てきたのは頰隠し頭巾の、恰幅(かっぷく)のいい重臣らしきふたりだった。少し遅れて、両目の部分だけ長四角に切りぬかれた形の気儘(きまま)頭巾をかぶった、宗匠と見まがう出立の男が出てきた。警固の者か、御土居下衆とおもわれる藩士数名がつづいた。

重臣ふたりと千石船のお大尽らしき気儘頭巾の宗匠、三田長市や御土居下衆の一行は、遠巻きに秘かに警固する伊賀者たちを引き連れて、歩き去ってゆく。どうやら、次なる遊興の場へ移動していく様子だった。

隼人は喰い入るように歩き去る気儘頭巾の宗匠を見つめていた。右肩が上がり気味の歩き方、躰(からだ)の形が、隼人の父武兵衛に酷似していた。

ややあって――。

「……親父殿だ。親父殿に間違いない」

おもわず発した隼人のことばは、揺れて消え入り、与八の耳には届かなかった。

隼人は手で編笠の縁を下ろしていた。制しきれなかったおのれの動揺を、与八に見られたくない、とのおもいが無意識にとらせた動きであった。

与八は、隼人を振り向こうともしなかった。与八には、隼人の気持が痛いほどわかっていた。

千石のお大尽とおぼしき一行の姿が遠ざかり、とある町角を右に折れて、消えた。

隼人は、その町角を凝視しつづけていた。

やがて、

「行くぞ」

与八に声をかけ、隼人は濡れ縁から立ち上がった。

その後、隼人と与八は、富士見原遊郭、西小路遊郭と歩きまわった。隼人は道筋、町屋の配置などを、行く先々でたしかめている。

旅籠（はたご）へ帰る道筋で、隼人が与八にいった。

「明日、本町通り周辺を探索する。明後日は名古屋城周辺を見まわる。数日歩きまわって、あらかたの道筋が頭に入ったところで次の行動に移る」

「次の動き？」

「伊賀者狩りだ。あの伊賀者の警固ぶりでは、めったに千石船のお大尽、いや、おれの親父殿に近づけぬ」

与八は、隼人の顔にちらりと視線を走らせた。

彫りの深い隼人の横顔から、目的を果たすまでは一歩も引かぬとの決意が迸（ほとばし）っている。

隼人の目的はいまや、

「千石船のお大尽が父・武兵衛ならば、任務を忘れた虚（うつ）け者として成敗する」

との一点に絞られていた。

豪剣秘剣

一

隼人から、

「しばらくの間、ひたすら名古屋の町を歩きまわり、道筋の様子などを探索する」

との話を聞いたお藤は、頼まれもせぬのに、

「同じ人が徘徊していると見破られないように」

と、何軒かの古着屋をまわり、数枚ほど着物を買い求めてきた。

深川の売れっ子芸者だったお藤の見立ては完璧に近かった。隼人とは別行動をとって大須観音を詣でたお藤は、その後、本町通り沿いに葛町遊郭など三郭へも足をのばし、道行く武士、浪人たちの出立を眺めては、もっとも目立たない形を

調べていたのだった。お藤は、

「最初見立てた着物は、廓などへ登楼したときに、話のたねにもなるようにと選んだお遊び用のもの。廓に揚がることなく探索すると決められたからには、周囲に溶け込んだ、目立たない身支度をされたほうがいいのではないか、とおもいましてね」

　といって、

「とりあえずこれは、葛町など三郭界隈へ出向くときに身につけるためのもの」

と隼人の前に、数枚の衣服を差し出した。浅葱色の着物に黒の羽織といった、よく見かける出立であった。他のものも、似たようなもので、隼人は、ふむ、とうなずき、手にとってしげしげと眺めた。

「町に溶け込む出立とは、な。このこと、気づかなんだ。なるほど」

　感嘆した顔つきで着物を眺めていた隼人は、顔を上げ、しげしげとお藤を見た。

「いやですよ、旦那。わたしの顔に何かくっついているんですか」

と、お藤をして照れさせるほどの見つめ方であった。

　隼人はあわてて顔をそむけ、顎を指でさすりながらいった。

「お藤、頼まれてくれるか。これから侍町や商人町の探索にも入る。水主町、巾下新道、天王崎門前などの三郭以外の遊里にも足をのばすつもりだ。それらの町々に溶け込む、目だたぬ衣服を揃えてくれぬか」

隼人は懐から三十両を取り出し、お藤の前に置いた。

「お預かりいたします」

お藤はそれを元手に、隼人の着物を物色し、買い求めていくことになった。

隼人は、与八にも頼みごとをしていた。

与八への頼みごと——。

それは、隠れ家の確保であった。隼人は、

「数カ月で探索を終えるつもりだ。それ以上長引けば、戦いはおれの負けとなるだろう」

と、与八を見やった。

「その間住み暮らすところを見つけだす。それが、あっしのやることですね」

「二カ所ほしい。隠れ家と、追い込まれたら逃げ込む、敵の目を晦ますための、囮の家とな」

「囮の家が発見されたら、あらたな一カ所を見つけだす。その段取りでようござんすね」

与八のことばに、隼人は、

「そうだ。すぐにも動いてくれ。場所は、おまえの判断にまかせる」

と、五十両の金を渡した。

「探索で動くのに無駄の少ない場所を絵図で見分け、現地へ出向いて、まずは一カ所、町中のしもた屋を見つけだしてきやしょう」

五十両の金を手拭いにくるんで懐に入れた与八は、元軽業師らしくない鈍重な動きで、

「よいしょっ」

と声をあげて、立ち上がった。


数日後、隼人たちは与八の手配した貸家へ引っ越した。親の仇を探して旅している大身の武士とその下僕と下働きの女との触れ込みであった。三郎と侍町のほぼなかほどに位置する黒板塀の家で、もとは名古屋の大店の妾の住んでいた家らしかった。

囮の家は、三郎から堀川へ向かって小半刻（三十分）足らずのところにある、森に囲まれた一軒家であった。

隼人の町々の探索は、慎重をきわめた。与八やお藤は、一見大雑把な、のんびり屋に見える隼人の意外な一面を見せつけられていた。夜な夜な、隼人は、おのれが歩いた道筋を細かく数十枚の絵図にしていた。絵図に目印をこまかく書き込む隼人に、

「旦那、これだけ詳しい絵図は、どこにもありやせんね」

与八は、感嘆しきりの声をあげた。

「ひとりで戦うんだ。神出鬼没の、奇襲戦しか手があるまい。闇討ちの喧嘩を何度も仕掛けるようなもんだ」

そういって隼人は、にやり、と不敵な笑みを浮かべた。

(喧嘩を楽しんでいなさる。根っからの喧嘩好きなんだ、隼人の旦那は)

与八がそうおもったとき、隼人が見透かしたようにいった。

「与八、いっとくが、おれはおまえがおもっているほど喧嘩好きではないぞ。命のやりとりの刃傷沙汰(にんじょうざた)。こんなこたぁ早く切り上げて、どこぞの山の中の一軒宿でのんびりと昼寝でもしたい気分さ」

尾張名古屋に着いて、すでに半月が経過していた。お藤は意外に料理上手で、

隼人も与八も毎日の食事が楽しみなほど、細かい工夫をこらしていた。

「朝餉は軽めのほうが、躰が動きますよ」

と、お藤が用意した梅茶飯に青菜の浅漬けといった朝飯に舌鼓を打っていた隼人が、ぽつりといった。

「伊賀者狩り、今夜から始める」

はっ、と驚愕の視線を向けた与八とお藤に、隼人はつづけた。

「夕方から外へ出るな。おまえたちを巻き添えにしたくない」


宵五つ（午後八時）、編笠をかぶり、浅葱色の着流しに黒の羽織といったありふれた出立の隼人は、葛町遊郭にいた。千石船のお大尽の一行が伽羅楼に登楼したのを、すでに見とどけていた。

これまでの探索で、千石船のお大尽と行を共にしているのは尾張藩国家老・飯塚采女と次席家老・佐々倉丹波であることを、隼人は、三郭内の噂話から突きとめていた。

そろそろ、千石船のお大尽らが伽羅楼から移動する頃合いだった。

警固の伊賀者たちが集まってくる。町屋の蔭にたたずんでいた隼人は伽羅楼に向かう伊賀者の後ろについた。

目的もなしに、ただぶらついているとおもわれる着流しの若旦那風、茶屋女と腕をとって歩いている頭巾をかぶった僧侶とおぼしき中年男など、まだまだ葛町遊廓の賑わいはつづいていた。

道行く人々を避け、刀の鯉口を切りながら隼人はすすんだ。伊賀者の背中に油断があった。隼人は、仲間から一歩遅れて、後ろにいる伊賀者を追い越しざま、抜き打ちに斬った。呻いてのけ反る仲間を振り向いた伊賀者ふたりの生き胴を、駆け抜けながら切り裂いた隼人は、一直線に、通りの対面にある町屋の軒下へ走った。そこにも、ふたりの伊賀者が立っていたからだ。

異変に気づいた伊賀者ふたりが、刀を抜いて隼人へ向かって走った。隼人は、斬りかかった伊賀者の刀を弾き飛ばすや袈裟懸けに斬り倒した。残るひとりは十方手裏剣を投げようと身構えた。躍りかかった隼人は、飛びかかった勢いにまかせて、喉笛に刀を突き立てた。伊賀者は十方手裏剣を取り落とし、激しく痙攣し、崩れ落ちた。

瞬刻のことであった。

血飛沫をあげて倒れる伊賀者の凄惨さに町行く人々が悲鳴をあげたとき、すでに隼人の姿は遊里の遊び人のなかにまぎれて、いずこかへ消え去っていた。

二

隼人は、数日は動かぬ、と決めていた。伊賀者が十方手裏剣を手にするとは、予想もしていなかった隼人だった。

（咄嗟の、なかば反射的な動きだったに違いない。ひとりが十方手裏剣を取り出したところをみると、ほかの伊賀者も十方手裏剣を所持していたはずだ）

十方手裏剣を常時身につけている武士はいない。当然、死体をあらためた町奉行所同心は十方手裏剣に気づくはずであった。

「忍びの者？」

と疑惑を抱いた同心は、

「隠密潜入か？」

と思考を推し進めていくに違いないのだ。

隼人は五人の伊賀者を斬り捨てていた。このことは、五人もの伊賀者が名古屋に潜伏していた、との証となる。ほかにも何人かの伊賀者が潜入していることは、十二分に推定できた。尾張藩にとってはゆゆしき一大事、というべきことであった。

(尾張藩が動かねば、おれが斬った伊賀者は尾張藩公認の者たちであり、幕府へ謀反の戦いを仕掛ける、との意向が藩内に徹底している、とみなければならぬだろう。もし、忍者狩り、いや、隠密狩りが尾張藩士の手で行われるような事態が発生したら)

そのときは、尾張藩はまだ、謀反派によって意思統一されていないということになるのだ。

(大事になる前に、未然に防げるかもしれぬ)

隼人は、そう思った。気になるのは尾張血判状の行方と内容だった。

(尾張血判状のことも、親父殿と話し合うことで何らかの手がかりが得られるはず)

隼人はそこで、思考を与八とお藤に移した。

「葛町遊郭の芝居小屋を覗いてから茶店へまわって、噂話を集めてきますよ」

そういってお藤は出かけていったのだ。

与八も、頼まれもせぬのに、

「本町通りから三郭界隈を中心にまわって、いろいろと聞き込んできまさあ」

と、相変わらずの、のんびりした動きで立ち上がった。

隼人はごろりと横になった。

(与八やお藤がどんな噂をひろってくるやら、楽しみなことだ)

などと、まとまりのないことに思いをめぐらせているうちに、隼人は、いつのまにか、すやすやと寝息をたてていた。

そのころ、通りを隔てて名古屋城内堀に面して建つ国家老・飯塚采女の屋敷の広間では、床の間を背に座った飯塚采女を中心に、左右に居流れた伊賀組七番衆番頭(ばんがしら)・柘植(つげ)陣内(じんない)、四之組組頭・三田長市ら伊賀組の面々と御土居下衆(おどいしたしゅう)が、一触即発の険悪さで、睨み合っていた。

ずんぐりむっくりとした体躯(たいく)の御土居下衆組頭・近江鉄之助が、猪首(いくび)を振りたてて怒鳴った。

「五人が一瞬のうちに斬殺されるとは不覚中の不覚。しかも、懐中に十方手裏剣を忍ばせておくとは、自ら忍びと名乗りを上げているようなものではござらぬか」

副頭の横田十太郎が膝をすすめた。

「さきほど、下手人には心当たりがあると申されたな。三田殿、お主らが伊那街道は足助宿で討ち果たしたといっていた、側目付仙石隼人、とでもいわれるのか」

柘植陣内が、怒りにおもわず拳を握りしめた三田を制して、応えた。感情の失せた、抑揚のない声音だった。

「剣の業前から判断して、まずは、仙石隼人とみるべきでござろう」

御土居下衆随一の剣の達人といわれる河崎半之丞が冷たい目を向けた。

「側目付めが命、尾張名古屋に着くまでに必ず奪い取る。尾張藩の方々のご助力はいらぬ、と仰ったのは柘植殿でござるぞ。武士に二言はないはず、きちんとけじめをつけられよ」

「河崎、それは無理というもの。伊賀組七番衆の方々は伊賀忍者。武士ではない」

横田の皮肉な物言いに、たまりかねて三田が吠えた。

「無礼ではないか。われらは、れっきとした武士。公儀御用の者でござるぞ」

「その公儀御用の方が、なぜ尾張名古屋におられる。裏切りでもなされたか」

河崎のことばに、伊賀組の面々に殺気が走った。

「そこまでじゃ」

飯塚采女の一喝に、一同が黙り込んだ。

飯塚采女は、つづけた。

「町奉行所の同心は、『あきらかに尾張名古屋に潜入した公儀隠密かとおもわれまする。ただちに隠密狩りをいたしたく』と上申しておる」

「飯塚様はいかがご返答なされました」

近江が問うた。

「此度の決起のこと、尾張藩の重臣たちには賛意を得ておる。だが、末端の者にはまだ、事を明かしてはおらぬ。尾張藩に潜入せし公儀隠密どもはひとり残らず狩りとれ、と命じた」

「飯塚様、それはあまりに冷たいなされようでは」

柘植が片膝を立てた。刀を摑んでいる。返答によっては、容赦はせぬ、との決意が、見据えた眼に籠もっていた。

「柘植殿、話は最後まで聞かれい。今後、伊賀組の方々には御土居下衆と交代して殿の警固の任についていただく。殿の警固役には奉行所、目付衆の手は及ばぬ」

柘植は、手にした刀を置いた。

重苦しい沈黙が、その場を支配していた。

ややあって、柘植が、飯塚采女を見据えた。

「飯塚様、われら伊賀組にも意地がございまする」

飯塚采女は、じっと、柘植陣内を見つめた。

「企(くわだ)ての始まりからの同志のおぬしのいうこと、聞けることなら聞いてやりたいが」

「御土居下衆の方々には、つねに我らと行動をともにしていただきたい」

うむ、とうなずいた飯塚采女は、近江鉄之助に視線を移した。

「近江、わしの命じゃ。柘植殿の望みにしたがい、行動せい」

要望をすぐにも聞き入れた飯塚采女と柘植の深い関わりを、あらためて見せつけられた近江に否やはなかった。

「飯塚様の御下命とあらば、何事でも果たしまする」

「柘植殿、策あらば、この場で近江と話し合われるがよい」

飯塚采女の問いかけに柘植が応じた。

「千石船のお大尽に働いてもらいまする」

「千石船のお大尽を囮(おとり)に、側目付・仙石隼人を引き寄せるか」

「御意(ぎょい)」

「来るかな、仙石隼人」

「必ず。仙石隼人にとって千石船のお大尽は、まさしく、父御(ててご)。それに、御土居下衆がつねに付き添ってくだされば、奉行所同心や目付衆も我らには手を出せぬはず」

「おもしろい。近江、柘植殿と段取りを取り決め、すみやかに仙石隼人を討ち果たすのじゃ。公儀が送り込んだ側目付を相次いで処断すれば、我らが企み、一気にすすむことになろうぞ」

はっ、とうなずく柘植陣内と近江鉄之助を見据えた飯塚采女は、にんまりと含み笑いを浮かべた。

三

尾張藩の剣術指南役は、尾張柳生(やぎゅう)と呼ばれる柳生新陰流(しんかげりゅう)の一派である。将軍家剣術指南役たる江戸柳生にたいして尾張柳生こそ、柳生新陰流の神髄をつたえるまことの柳生新陰流、との説が公然と語りつたえられていた。その裏付けとされる逸話が残されている。

柳生新陰流始祖・柳生石舟斎宗厳は「新陰流兵法目録」と「新陰流截相口伝書事」の極意書二巻と印可状をつけて、但馬守宗矩を、将軍家指南役として江戸へ送り出した。

元和元年、尾張藩主・徳川義直から、

「尾張藩の剣術指南役として、是非にも一族の方をお迎えしたい」

と請われつづけていた石舟斎宗厳は、その申し入れを拒みきれず、孫の兵庫助利厳に、宗矩に与えた極意書二巻と印可状のほかに、新陰流正当の証の宝刀と新しい工夫をこらした剣技の口伝書を与えて、尾張藩へ仕官させた。

その尾張柳生の当主は、柳生篤也龍厳であった。柳生篤也は、尾張の麒麟児と讃えられた利厳の二男・利方より新陰流五世の座を引き継いだ柳生連也斎厳包の再来、との評価を得ている剣客であった。

飯塚采女や柘植陣内らが、隼人に関わる密談の場を設けた日の、翌夕のこと——。

道場で高弟たちに稽古をつけ、井戸端で汗を拭っていた柳生篤也を何の前触れもなく、たずねてきた人物がいた。深編笠に着流しといった出立の、一見素浪人とみえるこの来客が、奥座敷へ通されたところから見て、しかるべき立場のものと推断すべきであった。

急ぎ服装をととのえた柳生篤也は、上座に座る五十代の武士の前に、姿勢を正して座した。

眉太く、色黒の恰幅のいいこの武士の名は竹腰玄蕃。尾張藩付家老の職にあるものであった。

付家老とは、徳川御三家にのみ存在する役職で、正式名称を御三家付家老といった。

尾張藩の支城・犬山城の城主、正成を始祖とする成瀬一族も尾張藩付家老の一人である。

付家老は、藩主の、いわば目付役ともいうべき役向きで、幕府のために藩主を監督し、その言動が幕府の政策に反しないように、これを補導する役割を担っていた。幕府からみれば陪臣ではあったが、いずれも万石以上の禄高を有し、将軍家との謁見も許され、譜代大名並の待遇を受けていた。

付家老竹腰玄蕃が、着流しの忍び姿でここにいるということは、尾張藩に何らて問うた。

かの重大事が忍び寄っている、ということが推察された。柳生篤也は、顔を上げ

「竹腰様、何事か異変が？」

「町奉行所の同心が密かに注進してきおっての。葛町遊廓で忍びの者が五人、何者かに暗殺されたという」

「忍びの者？　公儀隠密でございますか」

「かもしれぬ。が、その同心が申すには、それらの忍びの者どもは飯塚采女の別邸に滞留する千石船のお大尽と名乗る者の警固についていた、という」

「千石船のお大尽と申さば、噂を洩れ聞くに、江戸の旗本くずれとか。なぜそのような者を国家老・飯塚采女様が、ご別邸に」

「わからぬ。おそらく」

「おそらく？」

「憶測をいっても詮無いこと。飯塚采女や千石船のお大尽のことを、おぬしに調べてほしいのだ」

「もし、尾張藩に仇をなすことが露見せしときは如何いたしましょう」

「容赦はいらぬ。処刑せい。その後の処置は、わしが責任を持つ」

「いつものごとく、付家老付大目付、として探索仕ればよろしいのですな」

「そうじゃ。心ききの町奉行所同心を手配する。役立ててくれ」

「さっそく門弟のなかより探索隊を組織し、動きまする」

柳生篤也は、深々と頭を垂れた。


竹腰玄蕃が立ち去ってから半刻（一時間）後、柳生篤也は道場に高弟・庄司門之助ら十数名を招集した。いずれも尾張柳生にその人あり、と評判をとる剣客たちであった。

居並ぶ庄司門之助らを前に、柳生篤也は竹腰玄蕃からの密命をつたえた。

師範代筆頭の庄司門之助が呻いた。

「国家老様が、もし、公儀への謀反を企んでおられ、御主君が、その謀反を容認されていたら、まさしく、大事でございまするな」

「そうよ。まず、われらが探索するは、五人の忍びの者を誰が斬殺したか、だ。敵か味方か。おそらく、味方のはずはなかろうがの」

柳生篤也は細い切れ長の目を、さらに細めた。黒目が浮き出て、冷酷極まる顔つきとなった。思案を深めるときの柳生篤也の癖であった。

細身、中背で、狐顔の篤也は、一見すると優男に見える。濡れ縁に座り、茶の湯などをたしなんでいると、武芸者というより学者か数理にたけた勘定方の重臣に見えた。が、庄司門之助らは、師である柳生篤也が外見に似ず、剣術においては、時として非情とさえおもわれる厳しさを見せることを知っていた。

数年前、他流試合禁止を承知の上で道場破りに乗り込んできた武芸者が、無法にも真剣を引き抜き、門弟たちの制止を振り切って道場に上がり込んだことがあった。

そのとき、柳生篤也は道場の真ん中で正座していた。道場に躍り込んだ武芸者は、名乗りをあげるなり篤也に斬りかかった。

篤也は身をかわすや、武芸者の手元に飛び込み、片手で武芸者の刀を握った手首を押さえ込み、一方の手で武芸者の腰にさした鞘から小柄を抜き取って、武芸者の親指の付け根に突き立てた。

激痛に呻いた武芸者の力がゆるんだ隙をついて刀を奪い取った篤也は、刀の峰を返すや、武芸者の肩口をしたたかに打ち据えた。骨が砕ける鈍い音がした。

「まいった」

武芸者は苦痛に耐えながら、まだ動く片手を突き出して、必死に叫んだ。その場にいる誰もが、これで勝負はついたとおもった。

が、柳生篤也は違った。

「まだまだ。他流試合禁止を承知で無理矢理道場に上がり込んだおぬしだ。なまなかなことで、まいった、などと申すは笑止千万」

と、薄笑いさえ浮かべて、息絶えるまで武芸者を打ち据えつづけたのだ。見ている者全員が、骨の砕ける音、飛び散る血に怖じ気をふるった。

返り血を浴びた篤也は庄司を見つめて、告げた。いつもと変わらぬ穏やかな声音であった。

「神聖な道場に乱入した野良犬一匹、どこぞの森にでも埋めてこい。道場の掃除も念入りにな」

そういうなり柳生篤也は、目を剝いて絶命している武芸者の腰から引き抜いた鞘に、刀をおさめた。その刀を武芸者の胸の上に置いた篤也は、ゆっくりと奥へ立ち去った。

庄司門之助らは、無言のまま、柳生篤也のことばを待っている。篤也の眼は、前にも増して細められている。閉じているかに見えた。

その眼が、きっ、と見開かれた。庄司門之助らを見据える。

「忍びの者を斬り殺した者を探し出し、暗殺する。それがとりあえずの、われらの任務(つとめ)だ」

穏やかな篤也の口調であった。庄司門之助は、武芸者を刀の峰で打ち据え、嬲(なぶ)り殺したときの声音(こわね)に似ている、とおもった。

四

隼人が伊賀者を狩って、すでに七日が経過していた。

その間、与八とお藤は、連日、葛町・富士見原・西小路などの三郭界隈へ出かけては、伊賀者狩りに関わる探索をつづけていた。

ふたりの聞き込みの結果わかったことが、大きくみて、ふたつあった。

ひとつめは、町々を見まわる町奉行配下の姿が増えていること。

ふたつめは、数日前から千石船のお大尽が、こんどは西小路遊郭にある夕月楼に通いはじめ、夕月楼から流れた後の遊び場も、西小路のなかの郭としているということであった。つまり、千石船のお大尽一行は遊びの場を葛町遊郭から移し、西小路遊郭に定めたということである。

　隼人は、ひとつめの結果を、尾張藩内部をまだ謀反派が支配しきっていないことの証（あかし）だと、推断していた。

　ふたつめの、千石船のお大尽が遊びの場を西小路遊郭に移した意味を、隼人は、推し量った。

　単純に考えれば、伊賀者斬殺騒ぎなどのかねあいもあって葛町遊郭を避けた、ということになる。

が、この場合、なぜ西小路遊郭なのか、という疑問が起きるのだ。遊びの拠点を変えるだけなら富士見原遊郭という選択もあるはずであった。

　隼人は、さまざまな考えをめぐらし、分析しつづけた。そして、町筋の探索のために歩きまわり、隼人自身が作りあげた富士見原遊郭と西小路遊郭の絵図を見比べているとき、突拍子もない閃（ひらめ）きが、隼人を襲った。

（これは、千石船のお大尽が、いや、親父殿が、おれと話し合いをしたい、との合図ではないのか）

　何の根拠もない、たんなる思いつきであったが、この推測は、隼人を捉えて離さなかった。

隼人は絵図をあらためて見比べた。富士見原遊郭になくて、西小路遊郭にあるものを、隼人は見いだしていた。

西小路遊郭にあるもの、それは、隣接する西本願寺掛所裏手にひろがる森がそのままのびて、鬱蒼たる木々が密集していることであった。

その、木々の生い茂る森へ、西小路遊郭の一角から抜けられるのだ。

もちろん富士見原遊郭の裏手に森が存在しないわけではない。が、廣小路へ向かって、西小路遊郭から西本願寺掛所、七寺、大須観音、清寿院、大乗院と寺々が連なる一帯に広がる森とは、比較にならないほど小さなものであった。

――西小路遊郭からさりげなく西本願寺掛所裏の森へ出れば、おれと秘かに話し合う場所は何カ所もあるのだ。

しかし……。

隼人は、それはひとりよがりな考えだと、強く打ち消すものが自分のなかにあるのを感じていた。

が、その否定する感覚が強まるにつれて、不思議なことに、決してひとりよがりではない、との思いも強まってくるのだ。

相反する思考に、隼人は、混濁の氷柱に封じ込まれていった。

悶々たる一日が過ぎた。

そして……。

隼人は、封印された氷柱が一挙に崩壊する現実に、突き当たった。

(伊賀者狩りの後あらわれた、親父殿の動きの変化は、このことだけだ)

隼人は、おのれの直感を信じようと思った。

「探索に出かける」

与八とお藤にそう告げて、隼人は隠れ家を後にした。

名古屋の町は、碁盤の目のように造られている。京の町に似せた造りといえた。

碁盤の目の道筋は、一度馴染んでしまえばわかりやすいが、隼人のような余所者には、町の角々の目印をしっかり覚えるまで、一本前の角で曲がったりして、よく道を間違えたものであった。が、いまでは隼人はすっかり道筋を覚え込んでいる。

西小路遊郭に行き着いた隼人は、夕月楼の向かい側の町屋の蔭にいた。

尾張藩士と配下といったふうをよそおった伊賀者数名が、夕月楼の建物の両脇にいた。そのことから隼人は、

（千石船のお大尽は夕月楼に登楼している）

と推断していた。

隼人が張り込んでから半刻後、夕月楼から千石船のお大尽が出てきた。三味線を手にしている。連れはいなかった。

千石船のお大尽は、ゆったりとした足取りで西本願寺掛所のほうへ歩いていく。裏手の森へ向かっているのは明らかだった。警固の者は、どこへ姿を隠したか、誰もいなかった。

隼人は、覚悟を決めていた。

（まずは、千石船のお大尽の正体を見極めることだ。親父殿に違いなかろうが、面を見極めるまではなんともいえぬ）

隼人は、父・武兵衛はすでにこの世のものではないのではないのか、という思いも捨てていなかった。いかに気質の違う父子といえども、考えが及ばぬほどかけ離れた思考をするとは考えられなかった。隼人がどうおもいめぐらしても、今回の武兵衛の行動は理解できなかった。

（親父殿なら偽名など使わず、もっと堂々と本当の名を名乗って行動するはずだ）

との思いが強い。

世の中の批判など馬耳東風と聞き流し、おのれの生き方を曲げなかった武兵衛なのだ。

脳裡にさまざまなおもいが浮かんでは消えていった。隼人は、周囲に警戒の視線を走らせながら歩みをすすめた。

先を行く千石船のお大尽は、西本願寺掛所と西小路遊郭の境となる小道を、気儘頭巾を風に揺らしながら、すでに森の中へ足を踏み入れていた。

暗い……。

森の中は、幽閑の気におおわれていた。

隼人は千石船のお大尽の姿を見失い、立ち尽くしていた。

闇に消えたか、地に伏したか。千石船のお大尽は、まさしく忽然と、その姿を消し去ったのだ。

下手に動くのは危険だった。隼人はその場に立ち止まり、ぐるりの気配をうかがった。伊賀者が気配を消して周囲に潜んでいるのは、明白だった。

刀に手をかけ、隼人は、音もなく鯉口を切った。

突然――。

静謐(せいひつ)を突き破るかのように、三味線の音が響きわたった。

はっ、と隼人は息を呑み、音のしたほうを見やった。ほんの一瞬のことだったが、隼人は完全に無防備となっていた。隙(すき)だらけの躰(からだ)をさらしたことに、隼人はおのれの未熟を恥じた。また、それほどまでに、父へのおもいがおのれのこころを占めていることを、思い知らされてもいた。

が、ここでひとつのことがわかった、と隼人は判じた。

（千石船のお大尽、親父殿は、おれの予感どおり、おれと話し合おうとして、遊ぶ処を変えられ、おれに謎かけをし、誘われたのだ。その証に、おれが隙だらけの姿をさらしても、潜みおるはずの伊賀者が襲ってこなかったではないか）

ふたたび、三味線が弾き出され、口ずさむ常磐津が流れ聞こえてきた。

〈男と女は　浪のまにまに　揺れて揺られて　とどかぬ舟と似たかたち……〉

まさしく武兵衛の声であった。

隼人は、警戒の視線を走らせながら、ゆっくりとすすんでいった。

大木が枯れて切り倒されたのか、その切り株に腰をかけ、千石船のお大尽が三味線を弾き、常磐津を唄っていた。三味線は、ここを隼人との話し合いの場と定めた千石船のお大尽が、かねて用意しておいたものであろう。

隼人は千石船のお大尽のひとつの動きも見逃すまいと瞠目しながら、近づいていった。

武兵衛は右肩を少し上げて歩く癖があった。それが、三味線を弾くときにも躰の癖となって、ひとつのかたちを作りあげていた。右肩を少し上げ、躰を斜めにし、常磐津のさびのあたりを謡うときには、酔いしれたかのように躰を揺らすのだ。隼人は、その様が、あまりにも軽薄なお調子者に見えて、嫌いだった。

が、気儘頭巾をかぶっているとはいえ、いまは懐かしいその姿をさらした父が、目の前にいる。

隼人は、足をすすめて、千石船のお大尽の前に立った。凝然と見つめた。

千石船のお大尽が三味線を弾く手を止めた。ゆっくりと顔を上げる。気儘頭巾が、風になびいて、微かに揺れた。

五

少なくともその場には、隼人と、大木の切り株に腰を下ろした千石船のお大尽以外、誰もいなかった。

隼人は千石船のお大尽を、身じろぎもせずに見据えている。千石船のお大尽は、隼人の視線を正面から受け止めていた。しばしの沈黙が流れた。

ややあって……。

「隼人」

まさしく武兵衛の声音であった。

「親父殿か」

「この地では千石船のお大尽と名乗っておる。さすが隼人じゃ、動きでの、わしの呼び掛け、よく読みとってくれた。話し合いたいことがあっての」

「おれにも、聞きたいことがある」

「いうてみい。ただし、聞けることと聞けぬことがあるでな」

「なぜ千石船のお大尽などと偽りの名を名乗られる。正直に、変心者の旗本・仙石武兵衛と名乗らぬのだ。親父殿らしくないではないか」

聞くことは山ほどあった。何から聞こうと迷っていた隼人だったが、突然、おのれの口から迸り出たことばは、つねに隼人の心のなかに渦巻き、風波を巻き起こす事柄であった。

「わしはかねてより、此度の将軍家の政には不満があった。そこに宗春様が現れた。百花繚乱咲き乱れるかのような、華やかさに満ちた政を引っ下げてな。そんな宗春様探索の密命が、側目付たるわしに下った。わしは、将軍・吉宗側の情報を尾張藩に密告した。本来、裏切り者であるわしを、尾張藩は厚遇してくれている。ありがたいことだ」

「おれの問いかけに答えておらぬ。いま一度訊く。なぜ千石船のお大尽と名乗られる」

「隼人、尾張名古屋を去れ。江戸へは戻らず、いずこかへ居をかまえ、しずかに暮らすのじゃ。この世は、やがて尾張の宗春様の天下となる。一時の争乱はやむを得ぬ」

「尾張が立てば、尾張血判状に名を連ねた大名たちが決起するというのだな」

「そうだ」

「親父殿、喧嘩嫌いの親父殿らしくない物言いではないか」

隼人は一歩踏みだし、吠えた。

「気儘頭巾、剝ぐ」

千石船のお大尽に躍りかかろうとしたとき、風切り音が、寂寞の気を破った。

隼人は抜き打ちに、飛来したものを弾き飛ばした。弾かれて軌道を変えた飛来物は、傍らの大木の幹に突き立った。十方手裏剣であった。

隼人は、躰を反転させて、古木の蔭に身を隠した。視線を切り株に注いだとき、すでに千石船のお大尽の姿はそこにはなかった。

隼人に向かって十方手裏剣を投げながら、十数名の伊賀者が襲いかかった。隼人は、十方手裏剣を叩き落としながら、再び、大きく枝をひろげた大木の蔭に飛び込んだ。

と、足音高く駈け寄った一団が、伊賀者たちに襲いかかった。十名ほどのその一団は、気配を消して、近くに潜んでいたに違いなかった。暗夜の、深閑たる森の中で気配ひとつ発さずに潜む。よほどの手練れにしか、なし得ぬことであった。

虚をつかれた伊賀者たちはそれまでの攻勢から一変し、逃げの態勢に入った。が、手練れたちは、伊賀者たちを押し包み、ひとり、またひとりと、確実に斬り倒していった。

隼人は油断なく身構えながら、両者の戦いを見据えた。そんな隼人に、手練れのひとりが、迫った。

刹那――。

「庄司、そ奴は、わしが相手をする。忍びを追え」

凛とした声音であった。庄司と呼ばれた武士は、はっ、とうなずくや、踵を返し、忍びのあとを追った。

隼人は、油断なく身構え、声のした方角を見据えた。

木蔭からゆっくりと姿を現したのは、柳生篤也であった。篤也は刀を抜いていなかった。

隼人は、篤也の身のこなし、目配りから、かなりの遣い手と見てとった。

（あの一団は、おそらく尾張柳生。とすると、こ奴は、もしや、剣の天才・柳生連也斎の生まれ変わりと評される、柳生篤也龍厳かもしれぬ）

隼人は、敵の業前を試すべく、踏み込んで、鋭い袈裟、逆袈裟の連続技をくれた。

剣をあわすことなく飛び退った篤也は、剣を抜き放ち、青眼におのが形を定めた。

両者は睨み合ったまま、動かない。

ややあって……。

重苦しい空気を振り払って、柳生篤也がことばを発した。

「小野派一刀流か」

「柳生篤也殿と、お見うけいたす。いかがか」

「左様。重ねて訊く。小野派一刀流の遣い手とみたが」

「小野派一刀流を、いささか修練いたした。おれの名は、仙石隼人。江戸の、直参旗本のはしくれでござる」

「小野派一刀流をよく遣う江戸の旗本……」

しばしの沈黙があった。

再び、柳生篤也が口を開いた。

「二代将軍・秀忠公の御治世のころ、隠密目付として暗躍した江戸柳生の謀略、目にあまるものあり。秀忠公、これに対し、江戸柳生とともに将軍家剣術指南役に任じられた小野忠明に命じて、直参旗本にして小野派一刀流皆伝の者を擁する十数家を、側目付なる将軍直属の役職に任じられたと聞く。その側目付なる役職、いまも存続している、と聞いておる」

「おれが、その側目付なら、どうする」

「尾張領内ことごとく、存分に探索なさるがよい。御主君宗春公には、幕府にたいし謀反の心など、欠片もない」

「しかと左様か」

「御主君に謀反の意志なきこと、不肖柳生篤也、おぬしと行動をともにし、明らかにしてもよい」

「なら、訊く。尾張血判状のこと、お聞きお呼びか」

「知らぬ」

「尾張宗春公はじめ、謀反の企てに同腹した大名たちの血判が押された、謀反の証の連判状のことだ。その尾張血判状は、尾張のどこぞに隠されているという。それを探すのが、おれの役目」

「おもしろいお方だ。おのれの役目まで、この柳生篤也に明かされるとはな」

「おれの任務の根にあるものは、世の争乱の種を刈り取ること。戦いの芽、この名古屋に蠢いているとみた」

「尾張血判状のこと、わしも探索する。何かあればわが屋敷をたずねて来られよ」

「おれを尾行するのは勝手。柳生殿を敵とはおもわぬ」

　隼人は笑みを含んで、篤也を見た。

「仙石殿、また会おうぞ」

　めずらしく片頬に笑みを浮かべた柳生篤也は、鍔音高く太刀を鞘におさめた。

通謀絵図

一

「隼人、尾張名古屋を去れ。江戸へは戻らず、いずこかへ居をかまえ、しずかに暮らすのじゃ。この世は、やがて尾張の宗春様の天下となる。一時の争乱はやむを得ぬ」

隼人は、昨夜の、千石船のお大尽のことばを思い起こしていた。何度も脳裡で反芻している。

声はたしかに親父殿に似ていた。いまのところ、そのことを疑う理由を、隼人は見いだせずにいる。

(どんなことをしても、気儘頭巾を剝ぎ取るべきであった)

切歯扼腕のおもいが強い。二度とあのような機会はめぐってくるまいと、隼人は推断していた。

隼人は武兵衛と触れ合った日々の記憶をたどっていた。

と——。

「旦那、来やがった」

うわずった声を上げながら、与八が階段を駆け上がってきた。

「どうした？」

「尾張柳生の門下と名乗る者が、下に、ふたりも」

「抜刀でもしておるのか」

「いえ。先生からの言伝があるとかで」

「柳生篤也殿の使いだと。それなら、何の心配もない。会おう」

隼人は太刀を手に立ち上がった。


「お上がりください」

お藤の誘いを、柳生門下のひとりが、

「いえ、すぐにも先生のご命令どおり、行動せねばなりませぬゆえ」

と、土間に立ったまま答えている。

階段を降りてきた隼人が、気楽に声をかけた。

「おれが仙石隼人だ。柳生殿からの言伝があるということだが」

「身共は桑野英次郎と申す。これなるは」

傍らの二十になるかならぬかの若侍が、ことばを引き継いだ。

「伊豆見悠八でござる。以後、見知りおきください」

がっちりした体躯の、三十歳になるかならぬかの桑野英次郎が、隼人を正面から見つめた。

「先生からの言伝をおつたえ申します。この家へ出入りするものあらば、その都度詰問いたし、疑いあれば柳生道場へ連行し、拷問などにかけたい。そのために、仙石殿のお屋敷のそばで見張りをいたすので、お許しあれ、とのことでございます」

「柳生殿には尾行するも何も勝手にされるがよい。敵とはおもってはおらぬ、といってある。ご自由にされるがよい。なんなら、この家の二階でもお貸しいたそうか。そのほうが楽であろうが」

「ご好意かたじけない。われら、先生より、必ず外で見張れ、外から見張らねば、たずねて来た者の様子はわからぬ、と命令されております。所定の位置で張り込む所存でござる」

桑野が、堅苦しい姿勢を崩さずにいった。

「無理にはすすめぬが、まあ、好きにやってくれ。おれたちは、ちょうど出かけるところだった。留守番をたのむ」

「ごゆるりとお出かけくださいませ」

桑野と伊豆見が、丁重に頭を下げた。


桑野英次郎らがたずねてきて小半刻（三十分）ほどたった四つ半（午前十一時）すぎ、隼人は、与八とお藤を連れ、名古屋の町へ繰り出した。

隼人には、しばらくは何事も起こるまい、との確信があった。謀略派の黒幕が誰かは、まだ突きとめていなかった。が、隼人の伊賀者狩りをきっかけとする尾張柳生一門の予期せぬ介入で、謀略派は、いままでの戦略の軌道を変えざるを得ないはずであった。

（いまは、動きを止めるしかないはず）

隼人は、そうふんでいた。

桑野ら門弟を見張りとして送り込んだ柳生篤也龍巌の動きは、隼人にとって、予想外のものであった。

ただの張り込みだという桑野らの話を、隼人は鵜呑みにはしていなかった。そのための、突然の外出であった。

半刻（一時間）ほどたっても、隼人たちを尾行するものは誰ひとり現れなかった。

（どうやら、柳生殿より、おれのほうが疑り深いようだ）

隼人たち三人は、それこそ、のんびりと名古屋の町々を歩きまわった。

名古屋では、南北の道を［通］、東西の道を［筋］といった。茶屋、豪商などの住む茶屋町界隈、問屋・飛脚問屋・瀬戸物蔵元の集まる伝馬町あたりは、尾張名古屋の表玄関といわれる本町通りとともにもっとも繁華な一帯であった。

茶屋町、伝馬町とぶらついた隼人たちは、結局は本町通りへ向かった。幾世餅、姥が餅、赤福餅、姫まんじゅう、御手洗だんご、木の芽田楽、あわ雪豆腐、蕎麦切り、うなぎの草摺焼などを売る店が、軒を連ねている。

与八は、

「伊勢から来た赤福餅にゃ砂糖がいっぱい入ってるって話ですぜ。砂糖は高値の品だ。贅沢な味を楽しみましょうぜ」

と、隼人とお藤を無理矢理、赤福餅を店先の縁台で食べさせる茶店に連れ込んだ。

昼餉は廣小路の饂飩屋でうどんを食べた。江戸で食べるうどんと違って、ひらべったい麺で、隼人たちは、はじめて出合う味に舌鼓を打った。

あわ雪豆腐、木の芽田楽、うなぎの草摺焼と手当たり次第に食べ歩いた隼人たちは、夕餉の時間となっても空腹をおぼえなかった。だが、

「家に戻っても食べるものは何もありませんよ。軽く食べといたほうがいいともいますがね」

というお藤のひとことで料理茶屋へ入った隼人たちは、奈良茶とどじょう汁を食した。奈良茶は、煎茶で炊いた塩味の飯に茶をかけて食べる茶漬けの一種だった。どじょう汁の濃厚な味といい取り合わせで、隼人と与八が、奈良茶とどじょう汁をともに一杯ずつおかわりしたほどの美味であった。

五つ（午後八時）ごろ、隼人たちは本町通りを後にした。江戸を旅立ってからはじめての、束の間の休みといえた。隼人も与八もお藤も、ここが尾張名古屋で、敵の真っ只中にいるということを、忘れかけていた。

頬をなぶる夜風が心地よかった。隼人は、ぶらりぶらりと歩いていく。隼人の、日頃の警戒ぶりが嘘のような、無防備な様相だった。その緊迫感の欠落は、お藤にも与八にもつたわっていた。

が……。

ここは尾張名古屋。まさしく、敵地そのものであった。

二

隠れ家は、次の曲がり角を左へ折れると、すぐであった。

それまで、ゆったりとした足取りで歩いていた隼人の足が、曲がり角で、ぴたりと止まった。

与八もお藤も、隼人の動きに気づいて、足を止めた。すでに、さっきまでのやすらいだ気分は失せていた。

隼人は刀の鯉口を切りながら、油断なくすすんでいく。与八たちも、警戒の視線を周囲に配りながら、隼人のあとを追った。

曲がり角を左へ行った与八たちが見たものは、数歩先で片膝をついている隼人の姿であった。隼人の傍らにこんもりともりあがった黒いものが見えた。

「あのあたりは、尾張柳生の桑野さんが張り込んでたところだぜ」

目を凝らした与八が呻いた。

と……。

隼人の声がかかった。

「桑野殿が斬り殺されている。与八、すまぬが、裏へまわって伊豆見殿の様子を見てきてくれ」

隼人は、振り向きもせず、前方に視線を注いでいる。

再び、隼人がことばを発した。

「与八、裏へ行かずともよい。伊豆見殿も、おそらく斬られておろう。お藤のそばにいて、守れ」

「旦那、いったい、どういうことなんで」

問いかけた与八の顔が、驚愕に歪んだ。

二階建ての隠れ家を囲んで張りめぐらされた黒板塀脇の路地から、ゆっくりと黒い影が姿を現した。

月明かりが冴え渡る、満月の夜であった。

月光を背に立つ黒い影は、閻魔大王が遣わした地獄の邏卒とはかくばかりかとおもわれる、不気味な威圧をそなえていた。

黒い影の左手は、鉄の鉤と化していた。曲がった鉄の鉤の先端が、鈍く、月に映えている。

「仙石隼人。おれが、わかるか」

黒い影の問いかけに、隼人が応じた。

「その声に聞き覚えがある。香嵐渓で、おれと仲良く足助川に落ちた伊賀者だな」

「伊賀組七番衆三之組組頭・竹部宣蔵。余計な情をかけられた怨みを晴らす」

「よかったな、恢復して。このわずかな期間で驚くべき体力だ。医者も驚いていたろう」

「おれは、七番衆番頭殿に『なぜ死なぬ、なぜ生き恥をさらして現れた』と厳しく責められた」

「伊賀者は、どうも、死に急ぐのが好きな者どものようだな」

「なぜだ。なぜ敵であるおれを助けた」

「鎬を削って鍔迫り合いをしたときの、おぬしの目だ。おぬしは、あのとき、おのれを捨てていた。おれは、あのとき、武芸者としておぬしと一勝負したいとおもった。これほどの気迫、これほどの業を持った者、めったにおらぬ。親父殿と連日鍛錬して磨き上げたおれの小野派一刀流の剣を試してみたい。真実、そうおもった。良き敵、良き友にもなる者だとな」

隼人は、そこでことばを切った。

わずかの間があった。

隼人は、つづけた。

「不思議な感情の、迸りだった。なぜ、そうおもったか、おれにも、わからぬ」

黒い影が、沈黙した。ぐいと、一歩を踏み出した。月が、竹部宣蔵の面を照らし出した。

固唾を呑んで棒立ちとなっていた与八とお藤は、おもわずあげそうになった声を、必死にこらえた。

竹部宣蔵の顔の左側の額から頬にかけて、裂けて崩れた疵のまま、肉が盛り上がって固まっていた。その肉塊に半分塞がれた形でのぞく眼には、見た者を無間地獄に引きずり込む陰鬱さと殺気が籠もっていた。

「おれは武芸者ではない。忍者だ」

低いが凄みを含んだ、竹部宣蔵の声音だった。隼人が応じた。

「おれは、そうはおもってはおらぬ。躰を使い、業を磨く物事はすべて術なのだ。芸事であれば芸術といい、武芸であれば武術という。忍術も、おれは、武術だとおもっている。親父殿も、つねづね言っておられた。『われらは剣のみを錬磨する。忍術には剣術、手裏剣術、体術、火薬術とあらゆる武術が組み込まれている。柳生新陰流の始祖・柳生石舟斎殿も忍術を会得され、剣法に組み入れられたとも聞く。忍術を極めた者との試合は、なまなかなものではあるまい』と」

「仙石武兵衛殿が、そう申されていたのか……」

「機会あらば、試合をすることじゃ、とも親父殿は言っておられた」

「……忍術を武術、とな」

「少なくとも、おれと親父殿は、そう見立てている。忍術は、まさしく武術だ」

竹部宣蔵は、黙っている。

隼人も、口を開こうとはしなかった。

張りつめた空気が、隼人と竹部宣蔵の躰にはりつき、身動きひとつさせぬ強さで、包み込んでいる。

圧迫に耐えかねて、与八が、声を荒らげた。

「だから言わねえこっちゃねえんだ。そんな奴、助けるこたぁなかったんだ」

与八の動きは俊敏だった。宙に飛んで回転しながら、竹部宣蔵めがけて、礫（つぶて）を投げた。

竹部宣蔵は横転して、飛来する十数発の礫を避けた。跳ね起きたとき竹部宣蔵は、すでに刀を抜き放っていた。

与八は、隼人と竹部宣蔵との間に立ち、礫を投げようとしていた。竹部は飛鳥の如き身軽さで、与八へ向かって飛んだ。

「与八、逃げろ」

声とともに隼人は刀を抜き放ち、跳躍した竹部宣蔵が上段から振り下ろした太刀を、しかと受け止めた。

与八は後転して逃れた。与八にはわかっていた。あのままとどまって礫を投げていたら、竹部宣蔵の必殺剣の餌食（えじき）になっていたに違いないのだ。

与八が体勢をととのえ、見やったとき、隼人と竹部宣蔵は、互いに青眼に構えて対峙していた。

竹部宣蔵が、沈黙を破った。

「おれは、おのれの任務（つとめ）を果たすために、ただひたすら、業を磨いてきた。その業前を武術と認めてくれるおぬしが、この世にいる。存外、おれはしあわせ者だったのかもしれぬ」

「竹部……」

「宣蔵と呼べ。おれも、隼人と呼び捨てにする。隼人、おれはおぬしを倒すため、ただそれだけを目的に甦ってきた男だ。その目的を、捨てるわけにはいかぬ」

「いつ、どこにても、試合おう」

「おれは、どこから襲うかわからぬ男だ。それだけは、いっておく」

太刀を構えたまま、竹部宣蔵は後退り、黒板塀の切れた先にある脇道へ身を翻して、消えた。

隼人は、しずかに、刀を鞘におさめた。後ろを振り返って、いった。

「与八、すまぬが、尾張柳生の道場に走ってくれ。おれの使いだと告げ、『伊賀者に殺された桑野殿、伊豆見殿の骸を至急引き取りに来られたし。このまま捨て置くは不憫。仙石隼人、骸の番などいたして、来られるまで待ち申す』とつたえるのだ」

軽く腰を屈めた与八は、背中を向けるや、脱兎の如く走りだした。

三

桑野英次郎と伊豆見悠八の骸が、路端に並べられている。

隠れ家の裏口を見張るところの道脇に、脳天幹竹割り(からたけわ)に両断されていた伊豆見悠八の骸を隼人が運んできて、桑野英次郎の骸の傍ら(かたわ)に横たえたのだった。

その側(そば)に、隼人とお藤は立っていた。死体の見張りを、ふたりは務めている。

与八が尾張柳生の道場へ走って、半刻(はんとき)にならんとしていた。そろそろ、与八が戻ってくる頃合いであった。

伊豆見の断ち割られた顔面を見つめて、隼人が、ぽつり、とつぶやいた。

「竹部宣蔵、おそるべき腕前だ。尾張柳生の門弟のうちより選りすぐられた桑野英次郎と伊豆見悠八。ふたりともかなりの遣い手であったろうに、一刀のもとに斬り捨てている。一流の武芸者といって、十分に通用する剣の遣い手だ」

お藤は、黙って空を見上げている。雲ひとつない夜空に、月が煌(きら)めいていた。

と、突然――。

「……仙石の旦那。父御(ててご)様をお斬りになられるのですか」

低いが、思い詰めたお藤の声音だった。隼人は、何か強いものを秘めたお藤の口調に、視線を移した。

「斬るつもりでいる」

「旦那……」

お藤は、隼人を見つめている。必死な思いが、その面に籠っていた。

「どうした？」

「……旦那。わたしの話を、聞いていただけますか」

隼人は黙ってうなずいた。

「わたしは、父を亡くしてはじめて、かけがえのないものを亡くしてしまったと、しみじみ、おもっています。それこそ日を追うごとに、そのおもいが高まってきて……」

隼人は、黙然と聞いている。しかし、その眼は、はるか遠くを見つめているかに見えた。

「わたしが苦界に身を沈める因となった父のことを、わたしは、こころよくおもっていませんでした。けど、その憎しみは、いまは消え失せて、憎しみどころか、懐かしさだけが込み上げてきて」

「お藤」

声を高ぶらせたお藤を、隼人が遮った。

怪訝な眼差しを向けるお藤の視線を避けて、隼人が月を見上げた。

「じつは、おれにも、まだ、よくわからぬのだ。おのれのこころがどう振れるのか、摑みどころのないおもいでいる。親父殿を斬ると決めているが、斬れぬだろうともおもう。いや、おそらく、おれは斬れぬ。たぶん、親父殿を斬ることはできぬ」

「斬っちゃいけませんよ、隼人の旦那。後悔するに決まっています。どんなことをしても江戸へ連れ帰るんです。父子なのですから、じっくり話し合えば、きっとわかりあえます」

お藤は、縋りつかんばかりに、隼人をじっと見つめた。

「お願いです。父御様を、斬っちゃいけない。斬らないって約束してください。お願い」

「お藤……」

お藤の必死なおもいが、隼人をつき動かした。隼人はおもわず、お藤の肩に手をかけようとした。

次の瞬間――。

隼人の動きが、ぴくり、と止まった。

「馬だ。馬の蹄(ひづめ)の音が聞こえる」

刀の鯉口(こいぐち)を切り、油断なく身構えながら、隼人は、迫りくる馬蹄音のほうへ視線を走らせた。

柳生篤也は門弟たちに命じて、乗ってきた馬の背に桑野と伊豆見の骸を縛りつけさせた。

「庄司、四人残して、先に戻れ。わしは、仙石殿と話がある」

「表、裏にそれぞれ二名、見張りを残すわけですな」

「人選は庄司、おまえにまかせる。敵は手強(てごわ)い。なまなかな腕の者では桑野らの二の舞になるぞ」

てきぱきと指図をした後、柳生篤也は隼人を振り返った。

「仙石殿、いろいろとつたえたいこともござる。夜分遅いが、住まいへ上がらせてもらえぬか」

「ご遠慮なく」

隼人は、顎を軽く縦に引いた。

隠れ家の二階の座敷で、隼人と柳生篤也は向かい合っていた。時刻は、とうに、真夜中の九つ半（午前一時）を過ぎている。

「伊賀者のなかにも、あれほど腕の立つ者がおろうとは」

そういって柳生篤也は腕を組んだ。

隼人は、そんな柳生篤也をじっと見ている。話し合いが始まって、すでに半刻が過ぎていた。

「柳生殿、そろそろ話の本筋に入っていただけぬか。夜も深い」

うむ、と唸った柳生篤也が、黙り込んだ。いっていいか悪いか、とまどっている様子だった。

ややあって——。

柳生篤也が顔を上げた。苦悩が、その面に現れていた。

「実は……」

柳生篤也は、ふたたび黙り込んだ。

隼人は待った。

わずかの時が過ぎた。

柳生篤也は、ふう、と軽く溜息をついた。こころに澱となってつもった重荷を吐き出すための所作と、隼人には見えた。

柳生篤也が、隼人を見据えた。

「われらが探索でわかったことだが、千石船のお大尽の居場所が、判明した」

「千石船のお大尽は、尾張藩の重臣にかくまわれていると聞いたが……」

「尾張藩国家老・飯塚采女の別邸。そこが千石船のお大尽がかくまわれている屋敷だ。伊賀者とおぼしき屈強の者たちも、そこにいる」

「伊賀者だけでござるか」

「隠してもいずれわかること。尾張藩の御土居下衆たちも、非番の日におとずれては、千石船のお大尽や国家老様と葛町遊郭などの三郭へ出向いておるそうな」

「そのことなら、おれもすでに知っておる」

「頼みがある」

「頼み？ 天下の尾張柳生の総帥が、何の頼みだ」

「尾張柳生だの何だのと世間で評されても、所詮は尾張藩士以外の何者でもない。御家に害毒を流す者を見つけだしても、上役ならば手も足も出ぬ。剣一筋で生きていける世の中ではないのだ」

「……おれに、何をしろというのだ」

「庄司たち尾張柳生の手練れとわしが、隠密裡に、側目付仙石隼人の配下としてはたらく」

「おれに、尾張藩の逆臣どもを退治する刺客になれ、というのか」

突然、柳生篤也は、畳に両手をついた。

「仙石殿、柳生篤也、このとおり両の手をついて頼む。謀反を未然に防ぐ手は、これしか思いつかぬのだ」

柳生篤也は、深々と頭を垂れた。

隼人は、身じろぎもせずに柳生篤也を見つめている。

四

隼人と柳生篤也の密会がもたれた夜の払暁、飯塚采女の屋敷に、人目をはばかるように忍び入った、深編笠をかぶった旅装束の武士の一団がいた。

飯塚采女と次席家老佐々倉丹波が寝もやらずに出迎えたところを見ると、それ異常なほどの要慎ぶりといえた。

奥の座敷へ案内されるまで、十数人の旅姿の武士たちは深編笠をとらなかった。異常なほどの要慎ぶりといえた。

床の間を背に飯塚采女が、その傍らに佐々倉丹波が座ったとき、はじめて武士たちは深編笠をとった。

佐々倉丹波の対面に座した武士は、江戸家老小田切民部であった。とすれば、小田切民部につきしたがう武士たちは、尾張藩江戸藩邸に詰める藩士たちに相違なかった。

「そろそろ国元での決起の時機、と例のお方が仰られての。将軍家が直々に御下命になり、尾張名古屋へ送り込んだ側目付仙石隼人よりは何の連絡もなく、吉宗公におかれては『もはや、尾張藩の誰ぞに討ち取られたのではないか』と口にするようになられたとか。腹心の大岡越前守に命じてひそかに尾張藩追討の軍備を始められたそうな」

そういって小田切民部は、懐から袱紗に包んだ書付を取り出し、飯塚采女に手渡した。

飯塚采女は、書付を開き、じっと見入った。

ややあって、読み終わった書付を懐にしまった飯塚采女は、小田切民部を一瞥し、さらに佐々倉丹波を見やった。

「側目付め、手練れの伊賀組の者どもが手を焼くほどの腕前。このまま暴れられては、藩内の穏健派の押さえ込みが難しくなる。一気に、行動すべき時かもしれぬ」

佐々倉丹波が一膝すすめた。

「ただちに行動すべきでござる。柳生篤也ら尾張柳生一門が、ひそかにわれらのことを探索しております。事の露見は、時の問題かと」

「尾張柳生が動いているとすると、付家老の誰かが背後に控えている、と考えるべきでございまするな」

小田切民部の面が、焦燥に、どす黒く歪んでいる。

「おそらく竹腰玄蕃あたりであろう。犬山城の成瀬殿は、いまのところ様子見であろうからの」

飯塚采女は、そこでことばを切った。佐々倉丹波と小田切民部に視線を走らせて、つづけた。

「殿に、御出馬いただくこととしよう。方々にも、かねての手筈どおりに、準備にとりかかっていただきたい。よろしいな」

佐々倉丹波ら居並ぶ武士たちは、無言で大きくうなずいた。


その日の昼過ぎ、尾張柳生の道場では、桑野英次郎と伊豆見悠八の密葬が行われていた。

柳生篤也は、密葬の差配を師範代の庄司にまかせて中座し、桑野らの弔い(とむらい)に訪れた竹腰玄蕃と奥の間にいた。

竹腰玄蕃は、手にした扇を開いては閉じ、閉じては開いている。その所作が、思案にあまるときの竹腰玄蕃の癖であることを、柳生篤也は知っていた。

柳生篤也は、姿勢を正して座している。竹腰玄蕃が、派手な音を立てて扇を閉じた。

「側目付仙石隼人は、役に立つ男。おぬしは、そう見たのだな」

「謀略をめぐらす重臣の方々の始末は、尾張藩士であるわれら柳生一門には、立場上、できぬこと。苦肉の策でございまする」

柳生篤也は抑揚(よくよう)のない声で応えた。

「側目付を江戸に戻すつもりか」

「成り行きのままにまかせる所存」

「よいか。わが尾張藩では何事も起きなかった。変事の欠片もなかった。日々平安。殿の気儘が過ぎただけのこと、として処理せねばならぬのだ。そのこと、わかっておるな」

柳生篤也は黙っている。その目は細められ、黒目が浮き出ていた。気に染まぬことに遭遇したときに浮かぶ、篤也の習癖ともいうべきものであった。が、そのことを竹腰玄蕃は知らない。玄蕃は、さらにつづけた。

「公儀に、尾張の騒動の一端すら知られてはならぬ。側目付を江戸へ帰すな。すべてが終わったあと、ひそかに始末せい。付家老として命ずる」

柳生篤也は、無言のまま、頭を垂れた。

八つ（午後二時）ごろ、隼人は、黒板塀に囲まれた隠れ家の、二階の座敷にいた。

開け放した窓障子の桟に腰かけた隼人は、道脇で張り込みをつづける尾張柳生の門弟たちを、ぼんやりと眺めている。

傍目には、のんびりと窓外の風景を見ているかにみえる隼人であったが、その脳裡（のうり）では、さまざまな出来事にからまるもつれた糸を解きほぐし、組み直していた。

　隼人は、こんどの騒ぎに水戸藩は関わりあるまい、と推断していた。

（伊賀組の不平分子が尾張藩の一部重臣と組んで策謀をめぐらし、さも水戸藩が、今回の謀反騒ぎに加担しているかのように見せかけていただけのことではないのか）

　とのおもいが強い。

　隼人の推考は、さらにつづく。

　はたして尾張血判状なるものが存在するのか。存在するとすれば、

「尾張藩が決起したときのみ血判の同盟が効力を発する」

　との前提が、条件として掲げられたものではないのか……。

　そう考えたとき、隼人は、突飛な推論にぶちあたった。

「尾張血判状とは、諸藩の重臣たちによって連判されたものではないのか」

　おもわず口に出してつぶやいた隼人は、うむ、と首を傾げて唸った。

　隼人のその推理は、尾張藩の重臣の動きと照らし合わせれば、ひとつに重なり合ってくるものであった。

重臣がもっとも動かしやすい主君とは、気儘で我が強く、おだてに乗りやすい性癖の持ち主、ではないのか。

（尾張の宗春公など、その典型的な人物かもしれぬ）

そこまで突きつめたとき、隼人は、あることに思い至った。

（尾張藩謀反の謀略に最初から関わっていたのは伊賀組七番衆ではないのか。が、伊賀組の者が中心となってめぐらした謀略に、はたして、尾張藩の重臣たちが加担するかどうか）

答は、否であった。

（尾張藩や諸藩の重臣たちに影響を及ぼし得る者。伊賀組の不平分子を束ねて使いこなし得る者。それは、幕閣内でそれなりの権力を有する大名しかいない）

隼人は、そこで思考を止めた。

そろそろ出かける時刻だった。隼人は、昨夜の柳生篤也の申し出を受け入れていた。

「時を置かず、飯塚采女の別邸に斬り込む」

その約定を果たすのが、今夜であった。

刀を手に階段を降りた隼人を、与八とお藤が待ち受けていた。

隼人は、深夜、柳生篤也が立ち去ったあと、斬り込みのことをふたりに告げていた。

「旦那が何といおうとあっしはお供しやすぜ。決めたんだ。梃子(てこ)でも動かねえ」

そう迫る与八を、隼人は見つめた。

「与八、おまえを守る余裕は、おれにはない。死んでも恨むなよ。それでよければ、ついてこい」

隼人の正直なおもいだった。

「旦那、千石船のお大尽が父御様(ててご)だったら、斬らずに、いま一度、いえ何度でも話し合いをしてください。わたしは、生涯つづく父殺しのつらいおもいを、旦那に背負わせたくないのです」

お藤のこころは、隼人の胸につたわっていた。

「できるかぎり、そうする」

そういって隼人は、お藤を見つめた。

「おれと与八が出かけたら、いままで使わなかった堀川近くの隠れ家へ出向き、そこでおれたちの帰りを待つのだ。もし……」

「もし？」

「もし、おれたちが二日たって戻らなければ、そのときは」

そこで、隼人はことばを切った。与八を振り向いた。

「与八、おれは、事の顚末を大岡越前守殿に知らせたほうがよいとおもう。すまぬが、お藤が復申する先は、大岡殿とさせてくれ。与八の使いの者、とお藤に名乗らせてもよいな、与八」

「ようございますとも。お藤さん、あっしの名でよかったら、自由に使ってくんな」

「わかりました。そうします。とにかく、堀川近くの隠れ家で待ってますよ」

お藤がつづけた。

「旦那、必ず、帰ってきてください」

縋りつくようなお藤の目線をまともに受けかねて、隼人はすっと眼をそらした。

「出かける」

それだけいって、太刀を腰に差した。

五

飯塚采女の別邸は、堀川に架かる納屋橋近くの川沿いにあった。

隼人は本町通りをまっすぐに葛町遊郭など三郭を通り抜け、河岸道へ出た。堀川沿いの道をゆっくりと飯塚采女の別邸に向かって歩をすすめる。歩むうちに隼人は、なぜ、伊賀者たちが飯塚采女の別邸を根城にしたか、わかるような気がした。

堀川は、宮宿は七里の渡しへ通じていた。このことは陸路と水路、二とおりの脱出路があることを意味している。退路を、できるだけ数多く確保するというのが戦にのぞむ者の心得であった。

飯塚采女の別邸へ向かいながら隼人は、刃を合わせざるを得ないであろう千石船のお大尽のことを考えつづけた。

隼人は、まず間違いなく、千石船のお大尽は父・仙石武兵衛であろう、との確信を抱いていた。

（親父殿を斬れるか）

対決のときが近づくにつれ、

（おれには、斬れぬ）

との諦めに似たおもいが、隼人のなかで強まっていた。

（やはり、父子なのだ。命のやりとりをせずにすむのなら、それにこしたことはない）

隼人は、いつのまにか飯塚采女の別邸の前にいた。与八とは別行動と、出かけるときに定めてあった。おそらく、どこかに身を隠しているに違いなかった。

そろそろ宵の五つになる。柳生篤也率いる尾張柳生一門も、別邸近くのどこかに潜んでいるはずであった。

出たとこ勝負、と、隼人は柳生篤也と打ち合わせていた。飯塚采女の別邸へ乗りこむ方法はすべて隼人にまかせる、ということになっていた。

が、飯塚采女の別邸の前で隼人は途方に暮れて、しばし立ち尽くしていた。乗り込むための有効な手段は、何ひとつ思い浮かばなかった。

と――。

「どうした、隼人」

突然、声がかかった。

隼人が顔を上げると、塀屋根の上に竹部宣蔵が立っていた。

「宣蔵か」

宣蔵が、にやり、と片頬を歪めて笑った。

「それでよい。約定どおり、宣蔵と呼んでくれたな。千石船のお大尽は、屋敷にいる。裏の潜り戸から入れ」

いうなり、宣蔵は塀屋根から跳躍し、屋敷内に姿を消した。

隼人は、肚をくくった。宣蔵のことばを信じてみよう、とおもった。

裏にまわった隼人は、潜り戸を押した。何の抵抗もなく開いた。刀の鯉口を切った隼人は、油断なく身構えながら邸内に足を踏み入れた。

竹部宣蔵が、立っていた。足下に、宣蔵に当て落とされたのか見張りが気を失って倒れていた。

訝しげな顔をする隼人に、宣蔵が薄笑いで応じた。薄笑いは、宣蔵の面に、さらなる醜悪さを浮き彫りにさせた。成仏しきれずに冥途から舞い戻った亡霊に似ていた。

「おれに生き恥をさらさせながら、生きる目的を与えてくれた隼人、おまえへのせめてもの礼心よ」

「できれば、命のやりとりもなしにしてほしいものだ」

「それは無理だ。一対一の立合いでおまえとの決着をつける。それが、おれの生き甲斐なのだ。いっておくことがある」

「なんだ?」

「おれは一対一でやりあう以外、おまえとは戦わぬと決めている。おまえも、そうしろ」

「わかった。その約定、守る」

「おれのおせっかいもここまでだ。冷遇されてはいるが、この屋敷の者たちには寝食の世話になっている。恩は恩だ。あとの戦いは、隼人、おまえひとりのもの。思う存分、やれ」

そういうなり宣蔵は、ふたたび塀屋根に飛び上がり、いきなり怒鳴った。

「塀蔭に潜む者あり。囲まれている。夜討ちだぞ」

その声に、塀間近に迫っていた柳生篤也ら尾張柳生の面々に動揺が走った。生じた虚を、柳生篤也の一喝が押さえた。

「裏の潜り戸より突入する。急げ」

うなずいた庄司らを見向きもせず、抜刀した柳生篤也は潜り戸へ向かって走った。

宣蔵の声に、押っ取り刀で庭へ飛び出した伊賀組の面々は、棒立ちとなった。行く手を塞いで抜き放った太刀を手に、仙石隼人が立っていた。

「直参旗本仙石隼人。千石船のお大尽と話したい。とりつがれよ」

その呼び掛けに呼応したかのように、座敷と廊下を仕切る腰高障子が荒々しく開かれた。気儘頭巾をかぶった千石船のお大尽が、手にした太刀を腰にさしながら現れた。

「隼人、あれほどいうたに、なぜ尾張を離れなんだ。この親不孝者めが」

「親不孝!? 笑止千万。千石船のお大尽、気儘頭巾をなぜとらぬ。親父殿なら面をさらして、おれと、話し合え」

「おのれ、父を父ともおもわぬその言いぐさ。もはや父でも子でもない。この場で討ち果たしてくれる」

千石船のお大尽は刀を抜き放ち、庭に降り立った。右肩あがりの、生来躰に染みついた癖の、いつもの武兵衛の歩き方であった。

「親父殿、おれと、この隼人と、本気で命のやりとりをするつもりか」

隼人のことばが悲痛に震えて、語尾が揺れた。

「隼人、父から引導を渡されること、幸せとおもえ」

千石船のお大尽がゆっくりと刀を構えた。小野派一刀流の形と見える、青眼の構えであった。

刹那――。

それまで哀しみにおおわれていた隼人の顔に喜色が浮かんだ。隼人は、胸中で叫んでいた。

(おれと親父殿は、心底、通じ合っていたのだ)

隼人にとって、千石船のお大尽の剣の構えこそが、まさしく青天の霹靂、大いなる事実を告げていたのだ。

仙石武兵衛は躰の動きに、生まれながらの癖があった。つねに右肩が微かに上がっている躰の癖を武兵衛自身、直そうとつとめたこともあったという。

しかし、その癖が修正されることはなかった。いつしか武兵衛が、癖は癖として受け入れる、と決めたからである。

が、剣だけは、武兵衛の躰の癖を許さなかった。剣術は姿勢正しきを第一とする。左右の肩と踏みしめた地がつねに平行に保つことこそ基本の形であった。肩が地と平行ということは、頭を傾げぬかぎり、眼もまた平行ということを意味する。眼は、対する敵との間合いを計る。間合いを見極める眼力は、しばしば勝負の行方を左右するほどの力を剣客に与える、極意に値するほどのものであった。

仙石武兵衛はおのれの躰の癖が剣術には不向きであることをさとっていた。ために、武兵衛は剣術において、自らの癖を封じるさまざまな工夫をこらした。武兵衛が工夫しつづけた躰の癖を封じる業前を、半ば強要されつづけた日々の鍛錬で、隼人は、いやというほど見せつけられていた。

（親父殿は、日々の厳しい剣の錬磨を通じて、おれと、たしかに触れ合っていたのだ）

いま、はっきりと隼人は確信していた。千石船のお大尽は、姿形や声などを擬しているが、父・武兵衛とは、明らかに別人であることを、たしかに、見極めていた。

武兵衛は、右肩が上がる癖を調整するために、おのが基本とする構えは、つねに左下段と定めていた。常人ならば、左下段に構えれば、自然と右肩は左肩より落ちる形となる。右肩のあがる癖を持つ武兵衛にとって、常人の左肩の落ちる形が、肩を水平に保つ手立てであった。

隼人は、いまや、不敵な笑みさえ浮かべていた。隼人は、躰の奥底から吠えた。

「違う。千石船のお大尽、おまえは、おれの親父殿ではない」

「なに？」

「毎朝の親父殿との剣の錬磨の始まりのとき、親父殿は、つねに左下段に構えた。父子のみ知る、触れ合いごとと知れ」

「なるほど。これは、ぬかった。わしは、仙石武兵衛とは、一度も刀を抜き合わせなかった。あ奴を始末するには、しびれ薬を用いたでな」

陰惨に含み笑いをした千石船のお大尽の声は、もはや武兵衛のものではなかった。別人の、ざらざらと神経を逆撫でするような、かすれ声であった。

「語るに落ちるとはこのことだな。千石船のお大尽、おまえが、親父殿の仇か」

「そうだ。もっとも、おれひとりの仕業ではないがな」

「気儘頭巾をとれ。いや、切り裂いてでも親父殿の仇の面、見極めてくれる」

隼人の眼にも止まらぬ手練れの剣が、千石船のお大尽を襲っていた。

間一髪、横に飛んで身をかわした千石船のお大尽は、自ら気儘頭巾をかなぐり捨てていた。

「きさま、何者だ」

右八双に構えた隼人が、じりっと迫った。

「伊賀組七番衆番頭柘植(つげ)陣内(じんない)。側目付仙石隼人、この尾張から生かして帰さぬ」

「おれは、親父殿の仇を討つために尾張名古屋へやってきた。柘植陣内、必ず、斬る」

隼人が柘植陣内に斬りかかろうとしたとき、横合いから伊賀者が斬り込んだ。あやうく身をかわした隼人が見たものは、飛来した礫(つぶて)を浴び、潰された眼を押さえてよろめく伊賀者の姿だった。礫が飛来した方角、屋敷の屋根に、さらに礫の攻撃を加えんと身構えた与八の姿があった。

と、礫の攻撃を合図としたかのごとく、裏手から柳生篤也たちが突入してきた。

「おのれは柳生篤也。尾張柳生の一門が、公儀隠密御用の側目付の手助けをするか」

柘植陣内が叫んだ。

「今夜は、仙石隼人殿に友誼(ゆうぎ)を感じて助太刀する所存。尾張藩剣術指南役の立場は、この場においては忘れ去っておる」

柳生篤也のことばに、柘植陣内は皮肉な笑みで応じた。

「詭弁(きべん)術策を得意とするは柳生一門の習性。江戸も尾張も変わりはないとみゆるな。者ども、この屋敷を見捨てる。かねての手筈(てはず)どおりにせい。無用な戦い、逃げのびるのだ」

柘植陣内は、身を翻し、屋敷内へ飛び込んだ。追わんとした隼人の行く手を塞いで、伊賀者が斬りかかった。

柳生一門も激しく伊賀者と斬り結んでいる。が、剣においては、柳生一門の腕が数段上であった。ひとり倒れ、ふたり倒れて伊賀者の劣勢が明らかになっていった。

突如――。

飯塚采女の別邸の数カ所で爆発音がひびくや、火の手があがった。火はみるみるうちにひろがっていく。伊賀者が火を放ったに違いなかった。

隼人と斬り結んでいた伊賀者は、火勢が増すのを見極めるや、後転して逃れ去った。敵ながら鮮やかな退却ぶりだった。

屋敷を焼き尽くす紅蓮の炎を見上げながら隼人は、今夜の戦いは終わった、と胸中でつぶやいていた。

悪逆無明

一

四角く切られた空間――。
夜空に、雲の薄衣をまとった月がおぼろに浮かび上がっている。
突然、四隅から土塊が落ちてきた。
逃れようとするが、躰が動かない。
なぜかわからぬが、身動きできないのだ。
なぜかわからぬが、身動きできないのだ……。
なぜかわからぬが……。
「しびれ薬か」
発したおのれの呻き声で、隼人は眠りから覚めた。

昨夜の、飯塚采女の別邸における戦いで、千石船のお大尽に変装して父・仙石武兵衛になりすまし隼人を悩ました、伊賀組七番衆番頭柘植陣内の、

「あ奴を始末するには、しびれ薬を用いたでな」

との一言が、ずっとこころにひっかかっていた、隼人であった。

（親父殿はしびれ薬をのまされ、殺されたのだ）

それは、まごう方なき事実に相違ない。

（しかし、しびれ薬をのまされただけでは、死なぬ。親父殿は、どんな手立てで止めを刺されたのか）

隼人はずっと、そのことだけを考えつづけ、いつのまにか眠りに引きずり込まれていたのだった。

（家督相続の儀で、牧野備後守の屋敷を訪れる日の朝見た悪夢を、ふたたび見るとは……）

隼人は手の甲で、顔に噴き出た脂汗を拭った。躰中にべっとりと寝汗をかいている。あの朝と、まったく同じであった。

が、たったひとつだけ違うことがあった。隼人のなかで急激に浮かび上がり、躰中を駈けめぐって収束した思考。それが、たしかな手応えとなって、隼人を虜

にしていた。

「親父殿は、生き埋めにされたのだ」

隼人は、口に出して、つぶやいていた。

ことばを発した途端、隼人を衝撃が襲った。

……四角い空。

四隅から落ちてくる土塊。

逃れようともがくが、動かない躰……。

悪夢で見たその光景は、まさしく、生き埋めにされた武兵衛が、見つめつづけていたものではなかったのか。

(悪夢は、親父殿が無念を籠めて、おのれの死に様をおれにつたえようと、見せてくれたものではないのか)

……落ちてくる土塊。

しびれて、動かない躰……。

隼人の脳裡に、再度、まざまざと、その光景が甦った。

もはや隼人は、父・武兵衛はしびれ薬をのまされ、生き埋めにされたのだ、との確信にいたっていた。

不思議な感覚だった。何の証拠もないことだった。が、隼人の直感が、たしかなこと、と告げていた。

瞬間――。

慟哭(どうこく)が、隼人を突き上げた。喉もとまで込み上げた感情(こころ)の激発を、隼人は懸命に堪(こら)えた。

(いま、ここで涙を流すことはできぬ。この慟哭を封じ込め、仇(かたき)を討つための、糧(かて)とするのだ)

歯を食いしばった。

(親父殿、斬り合って死ぬるなら武士の宿命と諦めもつこう。それが、しびれ薬を仕込まれ、生き埋めにされるとは。さぞかし無念、口惜(くちお)しゅうござったろう。親父殿が生き埋めにされた場所と、生き埋めにした者どもを、何としても、見つけ出さずにはおかぬ)

「親父殿」

切歯した口からおもわず洩れそうになった一言を、隼人は、躰の奥底から噴き上がる、憤怒の念で抑え込んだ。手が小刻みに震えている。

決して声を、発してはならなかった。

なぜなら、ここは尾張柳生の屋敷であった。門弟の耳目が、そこかしこに潜んでいてもおかしくないところだった。

隼人は、昨夜、飯塚采女の別邸を襲撃したあと、柳生篤也に誘われるまま、与八とともに柳生家の屋敷に泊まった。

隼人は、口にこそ出さなかったが、柳生篤也に、尾張藩重臣を標的とする刺客を依頼されたときから、いずれは身柄を拘束され、軟禁状態に近い形になると推測していた。

だからこそ、お藤を堀川近くの百姓家、借りたままで、ときおり与八が戸を開けて家の空気を入れ替えに出向くだけで、いままで使ったことのない第二の隠れ家に潜ませたのだ。

「二日たって戻らぬときは、江戸へ急行し、事の顚末を、江戸南町奉行大岡越前守殿へ告げるように」

と、お藤に言い置いて黒板塀の隠れ家を後にする時点で、隼人は、第二の隠れ家には戻らぬ覚悟を定めていた。

隼人は、お藤をこれ以上危険にさらしたくなかった。このままお藤を尾張名古屋へ留め置いたら、人質にとられかねない、との危惧もあった。

隼人は、ともに父を亡くした、同じ哀しみを持つお藤に、ただのゆきずりのものではない、とのおもいを抱いていた。お藤は美形である。男と女の恋情を感じても、決しておかしくなかった。だが、隼人には、それ以上の、たがいに支え合うことが無理なくできる、深い関わりを持てる相手ではないか、とのおもいがあった。

しかし、その気持の欠片さえも、一度としてお藤に見せたことのない隼人だった。

（いつ死ぬかわからぬ側目付の身。お藤への想いは、おれひとりのものとして、おれのなかへしまい込んでおくのだ）

そう、隼人は、固く決めていた。

「父御様を斬ってはなりません。隼人の旦那に、生涯つづくことになる、父殺しの辛い重荷を背負わせたくない」

縋らんばかりにそういったお藤の眼差しが、眼を閉じた隼人の瞼の裏に、はっきりと焼き付いている。

（明後日早朝には、お藤は尾張名古屋を発つ）

隼人は、お藤が無事、江戸へ行き着くことを祈った。

その日の午後のこと……。

全員が出払っているのか、日頃は門弟たちが竹刀を打ち合って鍛錬に励んでいる尾張柳生の道場は、人の気配ひとつなく静まりかえっていた。

が、無人とみえたその道場で、ひとり真剣を抜き放ち、身構えている者がいた。青眼に構えたまま、微動だにしないその剣客こそ、仙石隼人その人であった。

道場から奥へ通じる廊下を仕切る、半開きの板襖の蔭に、与八が座っている。

すでに小半刻（三十分）が過ぎていた。隼人と向後のことを打ち合わせようとやってきた与八だったが、隼人が発する烈々たる気迫に圧せられ、戸襖の蔭に座り込んでしまったのだった。

と、道場の入口から、荒々しく駈け込んでくる者がいた。足音が高い。焦っていることが読みとれた。

太刀を鞘におさめて振り向いた隼人の面に、訝しげな蔭がかすめた。

姿を現した足音の主は、尾張柳生の高弟庄司門之助であった。日頃、冷静な庄司に似ぬ動きだった。

「いかがなされた、庄司殿」

落ち着いた物言いでの隼人の問いかけも、庄司の動揺を和らげる効き目はなかった。

庄司は、一気に吠え立てた。

「戦でござる。戦が始まりまする。殿が鎧兜、具足に身を固めた手勢約五百を率いて、東本願寺掛所より本町通りを抜け、清洲へ向けて進軍中でござる」

二

宗春は、例によって白い牛に乗り、丸頭巾から着物、袖無し羽織に足袋まで赤ずくめの衣に身をかため、長すぎるために従者に一端を持たせた長煙管を口にくわえて煙草をくゆらせていた。宗春の前後は、戦支度に身をかためた飯塚采女や小田切民部、佐々倉丹波ら重臣、尾張藩士たちが威風堂々の隊列を組んでいた。

軍勢は名古屋城下、西の大木戸のある樽屋町から枇杷島を抜け、清洲へ向かう道筋をたどっていた。

隼人は深編笠をかぶり、樽屋町の大木戸近くの町屋の蔭から宗春の行列を見つめていた。傍らの与八と、深編笠をかぶった庄司門之助も、行き過ぎる軍勢を食い入るように見つめている。

「宗春公に率いられた軍勢はいずこへ向かっているのだ」

隼人は、庄司門之助に問いかけた。

「おそらく建那寺でございましょう」

「建那寺？」

「数年前に飯塚采女が『殿の威勢を後世につたえるため、建立なさりませ』と言上し、造りあげた寺でございまする。噂では、戦国時代、清洲城の隠し砦のあった場所とか」

「隠し砦の跡とすれば、地の利を生かした抜け道などの仕掛けが何カ所か残っているやもしれぬな」

「いまとなっては、それらの仕掛けがいずこにあるか、調べる手立てはありませぬが」

「尾張藩では落城の折り、御土居下衆が、時の城主を脱出させるために駕籠を用いると聞いたが」

「忍び駕籠のことでございますか」

「その忍び駕籠は、常日頃、どこに保管してあるのかな」

「御土居下衆筆頭・近江家にて大切にしまいおかれておる、と聞いておりますが」

瞬間、庄司門之助に、驚愕が走った。

「戦であれば忍び駕籠をそなえるはず」

「建那寺を城がわりと考えれば、な。そう考えて軍勢をあらためて見直すと」

「忍び駕籠が見えませぬ」

「もし、隊列に遅れて忍び駕籠を建那寺に運び込むとき、おれならどうするかと考えてみた」

「秘密の抜け道から入ることもあると」

隼人は、黙ってうなずいた。

「ひょっとしたら御土居下衆の者たちが、いまごろ忍び駕籠を運び出しておるかもしれぬな」

「身共はこれより御土居下まで急行し、忍び駕籠を運ぶ者たちを取り押さえて」

「待たれい。それより建那寺の全景を見張れる場所はないか。できれば遠眼鏡も揃えられれば、なおよいが」

しばし思案した庄司門之助は、ぽん、と太腿を手で打った。

「その場所、心当たりがあり申す。遠眼鏡は道場にあります。もっとも、先生の私物でございますが。ひとまず道場へ戻り、馬を手配いたしてその場所へ」

うむ、と顎を引いた隼人は与八を見た。

「与八、宗春公の軍勢のなかに、飯塚采女の別邸で戦った柘植陣内はじめ伊賀者どもの姿が見えぬ。おそらく建那寺にいるのだろう。軍勢が建那寺に到達したとき迎えに出てくるはず。そのさま、しかと見極めてこい。落ち合うところは、尾張柳生の道場だ」

「わかりやした」

軽く腰を屈めた与八は、着物の裾を端折って帯に挟んだ。

隼人は振り向き、馬上にある飯塚采女に視線を注いだ。飯塚采女は顎を上げ、見るからに傲慢な顔つきをしていた。

(鼻持ちならない面をしてやがる)

隼人は、この場で飯塚采女に唾を吐きかけてやりたい、との衝動にかられていた。

飯塚采女は得意の絶頂にあった。昨夜、富士見原遊郭の廓で遊ぶ宗春を訪ね、

「戦遊びなどなされてはいかがでございますか。藩士たちを二分し、模擬戦を行うのです。藩士たちの士気を昂揚させる効力もあろうかとおもわれまするが」

廓遊びなど芸事がらみの遊びに飽きていた宗春は、飯塚采女の申し入れに大いに興味をしめした。

「すぐにも手配せい」

宗春のことばにしたがい、飯塚采女は一味のものに命じて、一夜のうちに軍勢をととのえたのであった。

いま宗春は、上機嫌の極にいた。そのことは、宗春の様子から、飯塚采女にもよくわかっていた。

（建那寺に殿を軟禁し、尾張起つ、との噂を一気に流せば、謀反に連判した諸大名は相次いで兵を起こすに違いない。ここ数日が勝負だ）

飯塚采女は事の成就は間近だと、確信していた。

名古屋城大天守閣の大屋根には、金の鯱が、一点の曇りなき蒼空をおのが配下として従え、煌めく陽光を浴びて誇らしげにその躰を光らせ、屹立している。

その金の鯱を旗頭に威風堂々と聳える名古屋城は、まさしく天下一を世に知らしめる、威厳にみち満ちていた。

が、その名古屋城本丸の広間に座した十数名の武士たちは、ただならぬ緊張に顔を引きつらせている。

上座に付家老・竹腰玄蕃と、犬山城主にして付家老の職にある成瀬主水が並んで座っていた。対面する形で、柳生篤也はじめ目付役、町奉行ら治安を預かる役職にある者が控えている。

一同を見渡して竹腰玄蕃が、皮肉な笑みを含んで告げた。

「隠密裡の緊急呼出しを、城代家老大西長門はじめ軍勢に加わらなかった重臣どもは、どう考えているのであろうの」

成瀬主水が応じた。

「無理もあるまい。我ら付家老の下知より殿の御下命を待つべき、との判断が働いて当たり前でござろう」

「この場におらぬ重臣の方々は、殿が将軍家に刃向かうときは行をともになされるおつもりでござろうかの」

「それは、わからぬ」

そういった成瀬主水は、篤也をじっと見た。

「柳生、わが尾張藩が公儀に対して反逆し、戦いを挑んだらどうであろうか。勝つか負けるか」

尾張藩存亡のことをさらりと問いかけた成瀬主水の真意を計りかねた篤也は、成瀬を凝視した。

成瀬は福々しい老顔の、皺ひとつ乱していなかった。篤也は、成瀬の肚を読むのをやめた。いや、読めなかった、というべきであろうか。聞き直った篤也は、こころに思い浮かぶまま答えることにした。

「戦う前に、殿が戦いをおやめになられましょう。公儀あっての尾張、と殿はわきまえておられるはず」

居並ぶ藩士たちが、ふっと、息を吐き出した。戦の不安から解放された安堵のおもいがさせたこと、と篤也はみた。

「なら、どうする。柳生ならこの騒ぎ、どう収拾する」

相変わらず、のんびりとした成瀬の物言いであった。

「尾張藩に関わりなき竹腰様も存じ寄りの者をたのんで、まず殿を奪い返し、謀反を企てた逆臣どもを建那寺もろとも成敗仕ります」

一同息を呑んだ。ややあって、成瀬が口を開いた。

「それしか、あるまいの。建那寺は謎の出火で全焼し、籠もって軍事の調練に励んでいた飯塚采女らは炎にまかれて死んだ。そうすればすべて丸くおさまる」

「殿をどうやって奪い返すかじゃ」

竹腰玄蕃が首を捻った。

と……。

戸襖の蔭、廊下側から声がかかった。

「柳生様、門弟の方が書付を届けられました。直ちに御披見いただきたい、との言伝でございます」

立ち上がった柳生篤也は歩み寄り、戸襖を開けて取次の藩士から書付を受け取った。

戸襖を閉め、その場に座して書付に眼を通した篤也は、顔を上げ、成瀬らに告げた。

「御土居下衆筆頭の近江鉄之助ら数名が、ひそかに忍び駕籠を近江の屋敷より運び出し、建那寺に入った、との報告でございます」

「御土居下衆が本来の役向きに思い至るかどうか。わしにはわからぬ」

成瀬が、誰に聞かせるともなくつぶやき、黙り込んだ。

重苦しい空気が、その場をおおった。

ややあって、成瀬が口を開いた。

「目付役の報告によると、飯塚采女は『戦遊びの、模擬戦を楽しまれてはいかがか』と、殿を誘い出したという。ならば、われらもその模擬戦の相手を務めねばなるまい。戦遊びじゃ、多少手荒いことをしても許されよう。そのほうが、殿も、事の重大さに気づかれるはず」

「如何様。拙者もそのことに望みを託しておりまする」

見合った成瀬主水と柳生篤也の面には、尾張藩の存命こそ大事、との決意が漲っていた。

三

「飯塚采女ら謀反を企てた重臣たちを狙う刺客依頼は、すでに引き受けたこと。お気遣いは無用」

事態の急転を事細かにつたえ、あらためて建那寺への奇襲隊の頭を引き受けてほしい、と頭を下げた柳生篤也に、隼人はそう応じた。

「夜襲をかけるは明日。事の収拾に、時をかけたくないのだ。朝のうちに、付家老成瀬主水様、竹腰玄蕃様率いる犬山城詰めの藩士、目付役、町奉行配下の者たちを動員した総勢七百名ほどの軍勢で、建那寺を包囲する手筈になっている」

「建那寺は小山の地形を利して建てられた要塞と見まがう造り。三方は山肌の斜面となり、背後は峻険な、山頂から急斜面に下り落ちたところに位置しているが」

隼人のことばに柳生篤也は驚きの眼を瞠った。

「建那寺へ出向かれたのか」

「遠眼鏡で、山中の、建那寺へ通じる抜け道から忍び駕籠が運び込まれるところを、しかと見極めた」

「建那寺を見張らせておいたわが門弟が、その抜け穴の入口を見つけだしておる。奇襲隊はその抜け穴より潜入して」

「いや、それはまずい。抜け道の建那寺側の口は、それなりに警戒は厳重なはず」

「では、いずこより襲撃なさる」

「策は、おれにまかせてもらいたい。敵は、囲まれた前方と左右の軍勢に気をとられているに違いない。まずは、包囲軍に、昼間のうちに挨拶がわりの大筒の二、三発でも建那寺に撃ち込んでもらうと、おおいに助かる」

「わかった。そのこと、成瀬様と竹腰様に懇願する。まずは実行の運びとなろう」

「奇襲隊の陣容はどうなる」

「わしとわが門弟、五十二名がおぬしの配下となる。手筈は、すべておぬしにまかせる。ただし」

「ただし？」

「事成就の暁には、与八と、いずこかへ消え失せてもらいたい。尾張藩としてはおぬしに生きておられては困る、という判断なのだ」

「柳生殿、おぬし、なぜそのようなことを、おれに……」

「尾張柳生などと褒め称えられても、所詮、わしも尾張藩士のひとりなのだ。表立っては、藩命に逆らえぬ」

「側目付・仙石隼人、昔から喧嘩場からの逃げ方は天下一品。気遣い無用。みごと、消え失せてみせる」

　隼人が、ふてぶてしい笑みを浮かべた。

　翌早朝、成瀬主水、竹腰玄蕃両付家老を正副大将とする軍勢七百余は粛々と軍備をととのえ、四つ半（午前十一時）には、建那寺を三方から包囲した。各部隊には、それぞれ大筒三門が装備され、その筒先はいずれも建那寺へ向けられていた。

　建那寺に本陣を定めた、宗春を擁する飯塚采女軍の面々は、予期せぬ大筒の出現にあわてふためいていた。生まれも育ちも江戸育ちの、江戸家老・小田切民部などは、その典型ともいうべき焦りぶりで、

「よもや大筒を打ち込むことはあるまいな」

と落ち着かなく右往左往し、何の用もないのに、めったやたらと歩きまわった。

諫めてもおさまらぬ小田切民部の動きに、飯塚采女と佐々倉丹波は不機嫌さを剝き出しにしながらも、ただ見つめるしかなかった。重臣の間で諍いごとを起こし、部下たちにいらざる不安を引き起こしてはならぬ、と考えた上での我慢であった。

　八つ（午後二時）、鎧に身を固めた成瀬主水と竹腰玄蕃は、顔を見合わせた。

「そろそろ挨拶代わりの一発をお見舞いしますかな」

成瀬の問いかけに、竹腰玄蕃が応じた。

「柳生篤也が懇願いたせしこと、これにつづく何らかの秘策があるのでござろう。一発といわず三、四発たてつづけにぶっ放したほうがよろしいのでは」

「では建那寺の塀を破壊するために左右に二発、背後の奥の院近くに二発、撃ち込みますか」

床几から立ち上がった成瀬は、傍らに控える具足姿の藩士に告げた。

「聞いてのとおりじゃ。建那寺へ向けて、四発、たて続けに大筒を発射せい」

はっ、と平伏した藩士は、立ち上がり振り向いて怒鳴った。

「大筒、撃ち方用意。狙うは建那寺」

大筒の照準が定められた。

大筒から砲弾が発射された。二発、三発、四発。相次いで響いた砲音は大地を揺らした。

砲弾は、建那寺の塀の両脇と奥に聳える五重塔へつづく石段、背後の山肌に炸裂し、これらを破壊した。

建物は揺らぎ、飛散した塀の残骸や土塊が、本堂や庫裏の外壁を直撃した。

建那寺の本堂に座していた宗春、飯塚采女、佐々倉丹波らは、何事が起きたか判断できかねていた。

次の瞬間——。

警戒にあたっていた藩士が、

「大筒、砲弾が撃ち込まれましたぞ」

と叫びながら、泥まみれの姿で駈け込んできた。

事態を察知した宗春が、立ち上がって叫んだ。

「忍び駕籠じゃ。忍び駕籠を準備せい。御土居下衆、予は脱出する。戦遊びはこれにて終いじゃ」

眼が吊りあがっていた。小刻みに躰を震わせている。

その宗春の眼前に、飯塚采女が立ち塞がった。

「何じゃ采女、無礼であろう」

宗春は手にした長煙管で飯塚采女を打ち据えようとした。その手を飯塚はしかと両手で摑んで、脇の下に挟み、押さえ込んだ。

「殿。戦はこれからでございまする。殿は、ここ建那寺にて将軍家への謀反の旗揚げをなされたのでござる。数日のうちに、謀反の連判状［尾張血判状］に血判し、同盟した大名たちの軍勢が馳せ参じまする。お覚悟なさりませ」

「将軍家への謀反、叛乱を起こすとな。知らぬ。予は、将軍家への謀反など、一度も考えたことはないぞ」

「尾張徳川家が将軍家として天下をおさめる好機でございまする。世には、吉宗めの治世にたいする不平不満が渦巻いてござる。お立ちなさりませ、殿」

「ならぬ。将軍家あっての尾張徳川家じゃ。謀反など許さぬ」

「すでに事は始まっておりまする。殿は、われら謀反軍の陣中にあり。傍目には、謀反軍の指揮をとっておられるかにみえるはず。すべてを飯塚采女におまかせあれ。天下を殿の手に、握らせてみせまする」

「謀ったな、采女。謀反は、許さぬ。許さぬぞ」

宗春は憤怒に躰を震わせていた。が、その怒りは宗春の躰から力を奪い、発する声は涙声となって、くぐもった。

その場に崩れ落ちて、瘧の病持ちさながらに痙攣する宗春を見下ろして立つ飯塚采女の形相は、すでに尋常なものではなかった。

鬼の形相と化した飯塚采女は、愕然と立ち尽くす佐々倉丹波らに吠えたてた。

「かねての手配どおり、配置につかれよ。これより反撃を開始する」

飯塚采女の下知により、一隊が建那寺総門から繰り出した。

この迎撃に成瀬らは激怒。警告の意をこめて、十数発にも及ぶ、さらなる砲撃を三方から加えた。

砲弾は、建那寺の総門と張りめぐらされた築地塀(ついじべい)の大半を崩壊せしめた。

砲撃のさなか、

「攻撃がはげしすぎるのではないか。このままでは殿の御命にも障りかねる」

そう案じる竹腰玄蕃を見向きもせずに、成瀬主水は告げた。

「万が一のときには、殿にはにわかの病にて急死、として処置するのみ、御主君の取り替えはきくが、取り潰されたら、尾張藩は二度ともとには還らぬ」

柔和な成瀬主水の老顔の、日頃は優しさをたたえたその眼には、凍えるほどの冷たさが宿っていた。

四

建那寺は夜の帳(とばり)に包まれていた。

境内のあちこちで焚かれている篝火が、建那寺を、さながら巨大な能舞台に仕立て上げ、幽玄の、侘び寂とはかくばかりかとおもわれる風情を、つくりだしていた。

が、建那寺を包囲する成瀬主水の指揮下にある軍勢も、建那寺にある宗春を監禁した飯塚采女らも、まもなく九つ（午前零時）になろうというのに、いまだ眠りにつくこともなく、ただただ息をひそめていた。

一方、気配を消しながらも、俊敏な動きを積み重ねている一団がいた。ところは建那寺奥の五重塔裏、仙石隼人に指揮をまかせた柳生篤也と尾張柳生門下の精鋭五十二名、隼人につき従う、変わり身の与八の、総勢五十四名に及ぶ奇襲隊の面々であった。

「庄司、仙石殿より指示のあった、導火線をつないだ火薬袋、みなに持たせたであろうの」

柳生篤也は、傍らに控える庄司門之助に問うた。

「手配はすべてすんでおります」

篤也は隼人を見つめた。

「仙石殿、作戦はおぬしにまかせてある。これからどうする」

「各十二名四隊編成としよう。与八はおれの隊に入れ」

与八は黙ってうなずいた。隼人はつづけた。

「一隊はおれ、もう一隊は柳生殿、残る二隊の隊長の人選は、柳生殿におまかせいたす」

「わかった。庄司門之助は三番隊、荒木重三郎は四番隊の指揮をとれ」

はっ、と庄司と荒木が緊迫に顔を引き締めた。

隼人は、柳生篤也、庄司、荒木と視線を移した。

「作戦をつたえる。おれと柳生殿の隊を間に挟み、四列に隊列を組む。外側の部隊は五重塔を過ぎたら、手持ちの火薬袋の導火線に火を付け、左右の山林に投げ込む。最後尾の者から、このことを始めるのだ。火が付いたのを見とどけたら次の者が同じことを行う。三番隊、四番隊はこの動作を繰り返しながら建那寺の左右の端へ突入する」

「それでは山火事になるぞ」

篤也の声音(こわね)に、咎(とが)める響きがあった。

「いいではないか。事の成就こそが目的。目的を果たしたのちに、三方の軍勢で消火にあたればよい。一山燃えるより、宗春公の奪還と逆臣の成敗こそが今回の大事であろうが」

「わかった。で、次はどうする」

「おれと柳生殿の隊で、山奥側から僧坊・伽藍(がらん)と、次々に火薬を爆発させ、火を付けながら、突入するのだ。飯塚采女別邸で伊賀者がやった手口だ。伊賀者が建那寺の中にいるのだ。いつ火を付けるかわからん。どうせ火を付けるのなら、おれたちの手の内で、火付けの時を決めたほうがいい。不意をつかれずにすむ」

篤也の面に、感嘆の色が走った。

「……おぬし、どこで、そんな兵法を身につけた」

「喧嘩だ」

「喧嘩？」

篤也が訝(いぶか)しげに顔を歪(ゆが)めた。隼人の答は篤也の理解を超えていた。

「おれたちは、一気に本堂に突っ込む。突っ込んだら、おれは、飯塚采女ら重臣と柘植陣内に率いられた伊賀組七番衆を狙う。おぬしは」

隼人は、にたり、と悪戯(いたずら)っぽい笑みを浮かべ、しげしげと柳生篤也を見た。

「尾張柳生だの何だのと讃えられても、所詮(しょせん)、おぬしは尾張藩士だ。宗春公を見つけだし、忍び駕籠とやらにお乗せして総門より脱出するのだ」

「おぬしは、どうなる？」

「おれか。おれは、逃げるさ。紅蓮の炎は、脱出者には最高の隠れ蓑になる。火は、物だけじゃなく人のこころも燃え上がらせて、つねの動きを忘れさせるものだ」

「それも、喧嘩で学んだのか」

「まあな。世の中、何でも生真面目にやっておくもんだ。おもわぬところで役に立つ。おれが尾張名古屋へ乗り込んだ目的は親父殿の安否を見極め、死しているときは仇を討つ。ただそれだけのこと。尾張藩の騒動など一切興味がない」

「……おそらく山火事の処理は、わしに押しつけられよう。おもいきりだらだら動いて、一山焼き尽くしてみせる。時間をかければ、付家老ら重臣めらも追手をかけるのを諦めよう」

「そこのところは、よろしく頼む。おれも楽に逃げたいでな」

「まかしておけ」

不敵な笑みで柳生篤也は応えた。

「柳生め、火を放ったぞ」

床几から立ち上がった竹腰玄蕃が成瀬主水を見返った。

「……どちらにも転びうる最良の策かもしれぬ」

建那寺の背後の山中にあがった炎を凝視しながら、成瀬はつぶやいた。

「最良の策？」

「殿は、酔狂の上の戦遊びの度がすぎて焼死なされた。変事による急死ですむ。飯塚采女ら逆臣どもの処断も、すべて焼死で片が付く」

「一石二鳥、ということか」

竹腰玄蕃は火事場を見やった。建那寺の背後の山林は、炎の塊と化していた。炎は、建那寺を赤々と照らし出していた。建那寺のあたりだけが、夕焼けどきと見まがう景色となっていた。

建那寺の本堂の外壁が凄まじい爆発音とともに崩れ、本尊の如意輪観音像が須弥壇から転げ落ちた。床几に座っていた宗春の頭上を襲った如意輪観音像から、這いつくばって逃れて、宗春はわめいた。

「忍び駕籠じゃ。御土居下衆はどうした。近江鉄之助はどこじゃ」

その宗春の、行く手を塞ぐ者がいた。宗春が顔を上げると、そこに柳生篤也がいた。

「柳生か。予を、助けに来たのか」

「御意。まずは身共とともに」

柳生篤也の差し出した手に宗春がしがみついたとき、傍らで凄まじい絶叫があがった。顔を上げた宗春が見たものは、見知らぬ男に幹竹割りに断ち斬られ、脳天から血飛沫を撒き散らして崩れ落ちる飯塚采女の凄惨な姿だった。

男は斬りかかった佐々倉丹波の首半分を斬り裂いた。佐々倉の裂かれた首筋からは血が噴水のごとく噴きあげた。卑怯にも、背中を向けて逃げ出した小田切民部の背中を断ち割った男は、柳生篤也を一瞥し、にやり、と笑った。

「さらば」

一声発した男は、燃えさかる炎と煙のなかにその姿を消した。宗春は知らぬが、鮮やかな手並みで飯塚采女ら逆臣を斬殺したその男は、隼人だった。

一瞬の早業であった。宗春は、度肝を抜かれていた。気がつくと失禁していた。尻の下の畳が濡れている。

「忍び駕籠じゃ。腰が立たぬ。忍び駕籠が所望じゃ」

柳生篤也は、宗春の失禁に気づいていた。どうにもやりきれぬ、腹立たしいものが込み上げてきた。それが宗春にたいするものでなく、おのれにたいするものであることに気づいたとき、柳生篤也は、心中で吐き捨てていた。

（仙石のいうとおり、所詮、おれは武芸一筋の者ではなく、御役目大事の、尾張藩士にすぎないのだ……）

柳生篤也は、つねに、おのれの心にさざ波を立て、苛立たせる因がここにある、と初めて悟った。

気をとりなおして、いった。

「殿。御土居下衆は間近に控えております。『忍び駕籠での脱出、みごと果たせば、此度のこと不問に付す』との殿のおことばがあらば、御土居下の者ども、改心いたし、よく働くはず。速やかなご決断を」

「許す。すべて許す。早う手配せい」

柳生篤也は、大音声によばわった。

「御土居下衆。近江鉄之助よ、忍び駕籠での脱出の役向き、みごと果たせば、此度のこと、不問に付すとの殿のありがたきおことばじゃ。忍び駕籠を用意いたせ」

声に呼応するかのように、本堂の一隅に立ちこめる煙が揺らいだ。煙をかき分けて忽然と現れたのは、近江鉄之助を先達に、忍び駕籠を担ぎ、周りを固めた御土居下衆十八家の者たちであった。

「殿。寛大なるお計らい、御土居下衆筆頭近江鉄之助、感に堪えませぬ。さ、忍び駕籠にお乗りくださいませ」

うむ、とうなずき宗春が立ち上がった。柳生篤也を振り向き、告げた。

「柳生、あらためて予の警固を申しつける」

そう命じた宗春は、いつもの傲岸不遜の顔つきに戻っていた。

五

須弥壇背後の、爆破され、崩れ落ちた本堂の壁から走り出た隼人は、与八の姿を求めた。

周りでは尾張柳生の門弟たちと、伊賀者、飯塚采女配下の尾張藩士たちが斬り結んでいる。

と、鋭い風切り音とともに飛来した礫が、隼人の足下に突き刺さった。礫が飛来した方角へ視線を注いだ隼人は、境内に聳え立つ樫の大木の枝に登った与八を見いだした。与八には柘植陣内を探し出し、眼を離すな、と命じてあった。

与八は、五重塔と本堂の中間にある阿弥陀堂あたりを指差していた。隼人は一気に阿弥陀堂へ向かって走った。

はたして、阿弥陀堂の間近で、柘植陣内は庄司門之助と斬り合っていた。隼人は、駈け寄り、間に割って入った。

「こ奴は、おれにおまかせ願いたい。父の仇のひとりでござる」

目線で応じた庄司門之助は、すっと脇へそれた。

柘植陣内は、薄笑いしながら隼人を見据えている。

隼人は、左下段に構えた。その構えは、父・武兵衛が、右肩のあがる、おのが躰の癖をただすために工夫を重ね、たどり着いたものであった。

「柘植陣内、褒めてやる。親父殿の声音、癖、身のこなしを、よくぞ身につけた」

せせら笑って、柘植が応じた。

「三年前から仕掛かって、二年かかった」

「三年前？　それでは此度の企みは」

「四年前から動き始めた。遊び好きの仙石には、遊び仲間として近づいた。何度も酒席を重ね、ともに三味線をひき、常磐津も唄った。側目付の仙石武兵衛は尾張と将軍家を争わせる仕掛けの種にするには、恰好の男だった」

「千石船のお大尽と称して、尾張の色里で派手に遊びつづけたのは、上様が抱いた尾張に対する疑念を、さらに深めるために仕組んだことだったのだな」

「狙い通りに謀は運んだ。喧嘩三昧の荒れた暮らしをつづけている貴様の本質を見誤った以外はな」

見据えたまま、隼人が問うた。

「親父殿を倒すにしびれ薬を用いたといったな。しびれ薬だけでは死なぬ。生き埋めにでもしたか」

「よくわかったな。仙石武兵衛め、しばらくは土の中で、息をしていたであろうよ」

隼人は、その瞬間、あの悪夢は、父・武兵衛の魂が、おのれの死に様を隼人につたえるために見せた悪夢だと悟り、かつ信じた。

「どこに埋めた。いえ」

「自分で探せ」

「親父殿と剣を合わせたことはない、といっていたな。親父殿にかわっておれが相手になる」

隼人は左下段のまま一挙に間合いをつめ、逆袈裟に太刀を振り上げた。その太刀先を、柘植陣内は宙に飛んで逃れた。空中で回転した柘植陣内めがけて、迅速の業で抜き放った隼人の脇差が飛んだ。脇差は、ものの見事に柘植陣内の腹を貫いた。

低く呻いて、地に落下した柘植陣内は、それでも太刀を離そうとしなかった。

隼人は、油断なく歩み寄った。左下段の構えを、崩してはいなかった。

間合いを詰めた隼人は、左下段から太刀を一閃した。肱を地につけ、刀を掲げ持っていた柘植陣内の、太刀を握った手首から先が宙に飛んで、落ちた。

柘植陣内の手首から、心の臓の鼓動をつたえて血が、噴き出していた。歩み寄った隼人は柘植陣内の腹に突き立った脇差を抜き取った。柘植陣内の腹からも血が溢れ出て地を濡らした。

「止めを、刺せ」

柘植陣内が喘いだ。

「刺さぬ」

隼人は冷たく、柘植陣内を見下ろした。その眼に、憤怒と憎悪の炎が、燃え滾っている。

「親父殿が、おのれの命が尽きるときまで、わずかながらも生の意識があったように、おまえも、おまえの血の、最後の一滴が躰の外に流れ出るまで、おのが命の尽き果てる感覚を、たっぷりと味わい尽くすがよい」

柘植陣内がことばにならぬわめき声をあげた。

隼人が踵を返したとき、与八が駈け寄ってきた。

「旦那、やりやしたね」

「まだ親父殿の仇を、すべて討ち果たしたわけではない。草の根の分けても仇どもを見つけだす。この場に長居は無用。行くぞ」

隼人は五重塔へ向かって歩きだした。与八が、慌ててつづいた。木々が燃え上がり、火の粉が舞いあがって、隼人と与八の姿を覆い隠していった。

出迎えた成瀬主水と竹腰玄蕃を、忍び駕籠から降り立った宗春が睨み据え、怒鳴りつけた。

「大筒など撃ち込みおって、予を殺すつもりだったのか。不忠者め」

忍び駕籠に付き従ってきた柳生篤也も、これからの成り行きが案じられるほどの宗春の大喝であった。憤怒に、宗春の拳が痙攣している。

「これは異なことを。殿には、戦ごっこ。それも模擬戦をお望みだったのではございませぬか。模擬戦の模擬たる語の、真の意味は」

のんびりした成瀬主水の、常と変わらぬ喋り方だった。宗春は、そっぽを向いた。

「意味など、わかっておる」

成瀬主水は腰を軽く屈めた。が、その眼は宗春を鋭く見据えていた。

「過ぎた遊びは、お慎みなさりませ。どこから刺客が襲い来るかもしれませぬ。人より弾けた行為の多い、一際目立つ殿のこと、おもわぬ恨みを抱いている者がおらぬとも、かぎりませぬ」

「帰城する」

宗春は、成瀬主水を一瞥することなく、忍び駕籠に乗り込んだ。

成瀬主水は、ただ黙して忍び駕籠を見送っていた。が、闇のなかに忍び駕籠が消え去るや、柳生篤也を振り返っていった。

「側目付はどうした」

「炎にまかれて、いずこかへ消え失せました。この上は、火の始末をつけながら探索にあたるしか手立てはありませぬ。炎のあるところでの探索は不自由極まりなく、なかなかはかどらぬかと」

「追え。追って殺せ。手立ては柳生、おぬしにまかせる。此度の騒ぎ、公儀に知られてはならぬ」

建那寺の本堂は紅蓮の炎に包まれていた。

柳生篤也は、門弟の何人かはあの炎にまかれて果てたに違いない、とおもった。

建那寺の最深部、五重塔の裏で隼人を待っている者がいた。竹部宣蔵であった。

いま、宣蔵と隼人は、たがいに抜刀し、睨み合っている。竹部宣蔵が、片頰に歪んだ笑みを浮かべた。

「どうやら戦う気が起きないようだな。なら、その気にさせてやる。おれは、仙石武兵衛殿を生き埋めにしたひとりなのだ」

「どこに埋めた」

隼人の面が、紅潮した。

「埋めた場所は、さる大名の中庭。枝振りのみごとな男松女松と呼ばれる、二本の大木の根の張りだしたあたり」

「いえ。その大名は、どこの何者だ」

「そこまではいえぬ。が、忍術を武術として認めてくだされた仙石武兵衛殿にたいし、いまは、申し訳ないことをしたとおもう。声に出さねば伊賀組への義理も立とう。おれの唇を読め」

宣蔵はゆっくりと唇を動かした。唇を見つめていた隼人は、驚愕に息を呑んだ。

「どうやらおれの唇が読めたようだな。この世とはそんなものよ。勝負だ」

宣蔵の剣が唸りを発して、隼人を襲った。隼人は太刀の鎬でその剣を受けた。身を接して鍔迫り合いをするふたりは烈々たる気をぶつけ合い、隙をさぐって睨み合った。

宣蔵が、剣を持った手の肱を隼人に押しつけた。隼人が刀を持つ手に力を籠めたとき、宣蔵の左腕が振り上げられた。左手の先につけられた鉄鉤が炎を浴びて、赤黒く光った。

「死ね」

鉄鉤を隼人に突き立てんと振り下ろした。

そのとき、躰に押し当て、隼人の動きを封じていた宣蔵の右肱の力がわずかにゆるんだ。

刹那（せつな）――。

隼人は、宣蔵に躰を預け、渾身（こんしん）の力を籠めて刃先を宣蔵の首筋に押しあてていた。躰を沈めながら、宣蔵の太刀の鎬に、おのれの太刀の鎬を重ねて滑らせながら、数歩、後退（あとずさ）る。

隼人の滑るような動きは、宣蔵の首の血脈を刃先で引き斬っていた。振り下ろされた竹部宣蔵の鉄鉤は、わずかに外れて空を切った。

一瞬のことであった。五重塔の回廊から勝負を見つめていた与八は、動きのあまりの素早さに、何事が行われたか、計りかねていた。

宣蔵の首から血が噴き上がった。ゆっくりと、崩れ落ちていく。

「小野派一刀流口伝（くでん）の隠し枝［流水］。戦う相手を必ず仕留める、必殺剣だ」

地に伏した竹部宣蔵に、しずかに、隼人が告げた。

「お、おれを葬るに、小野派一刀流口伝の隠し枝を、用いてくれたのか。武芸者冥利に、尽きる。おれは、よき……」

宣蔵の顔に、笑みが浮かんだ。

次の瞬間、宣蔵はおのれの首から噴き出す血汐がつくりだした血の池に、がっくりと顔を沈めた。

竹部宣蔵の絶命を見とどけた隼人は、与八を見返った。

「江戸へ急ぐぞ」

駆け足で山中へ消えゆく隼人を、与八は懸命に追った。

大尾

隼人が名古屋から姿を消して半月後のこと。

夜四つ（午後十時）、江戸は両国橋近くの河岸道沿い、武家屋敷の建ち並ぶこのあたりは、人影ひとつなく寝静まっていた。

犬の遠吠えが聞こえている。屋敷の奥座敷で書見をしていた、側用取次にして下総国・長生藩二万石の当主・牧野備後守は、襖の向こうの廊下に何者かが潜んでいるような気がして、刀架の太刀を摑みとった。声をかける。

「何者だ」

「お藤でございます」

「お藤。なぜ用人をとおさぬ」

「隠密の御用の復申ゆえ、ひそかに入り込み、お目通りいたすがよかろうかと、勝手に判断いたしました」

「入り込むを、咎め立てする者はおらなんだか」

「どなたも。呆れるほど手薄な警固ぶり」

お藤は、小馬鹿にしたように含み笑いをした。

芸者あがりのお藤のような女の侵入をやすやすと許すとは、わが家臣ながら情けない。後で咎めねばなるまい。そう考えつつ、牧野は告げた。

「話を聞こう。入れ」

襖が開けられた。両手をついたお藤が、廊下に座していた。

その時だった。黒い影が、突然、座敷に侵入し、牧野備後守に襲いかかった。

飛鳥のような、迅速極まりない動きだった。

黒い影は脇差を引き抜くや、あわてて立ち上がりかけた牧野備後守の腹に突き立てた。

お藤が後ろ手に襖を閉め、歩み寄ってくる。

激痛に呻きながら、牧野備後守は黒い影を見据えた。

「おまえは」

驚愕が、牧野備後守を襲った。

「側目付仙石隼人。父・武兵衛の敵討ちに来た」

「知らぬ。わしは、知らぬ」

うっ、牧野備後守が顔を歪めた。隼人が牧野の腹に突き立てた脇差を、横に引いたのだ。

「おまえの配下の伊賀組のものに聞いた。親父殿を埋めたところは、この屋敷の庭の一角、男松女松と呼ばれる二本の松の根の張りだしたあたりだとな」

隼人は、力をこめ、牧野備後守の腹を、さらに掻き切った。

牧野が苦痛の呻きを洩らした。

「腹を横一文字に掻っ切る。さらに縦一文字に切る。死ぬことになるぞ。死にたくなければ尾張血判状を渡せ。どう推考しても、おまえが持っている、との答にたどり着くのだ」

「知らぬ」

強く否定した牧野備後守が、ふたたび低く呻いた。隼人がわずかに、脇差を動かしたのだ。

「いえ。こんどは一息に切り裂く」

隼人が一方の手で牧野の肩を抱き、腹をさらに、断ち割らんとした。

「床の間の柱の裏だ。龕灯返しの仕掛けがほどこしてある」

「お藤」

探せ、と隼人が目線で命じた。

うなずいたお藤は床の間に走った。

隼人は牧野の懐から懐紙を抜き取り、猿轡がわりに、口に突っ込んだ。牧野がもがいて、くぐもった声をあげた。

お藤はしばらく床の間の柱の裏を探っていた。やがて、仕掛けがみつかったらしく柱の中へ手を突っ込み、一本の巻物を取り出した。開いて、巻物の中身をあらため、大きくうなずく。お藤の様子からみて、尾張血判状に相違なかった。

「牧野備後守。今回の尾張血判状騒ぎの仕掛け人は、おまえだな。そうなら、顎を縦に振れ。どうだ」

隼人は、牧野の腹に突き刺したままの脇差を、さらに横に動かした。牧野が激痛に呻き、痙攣した。

牧野は、激しく喘ぎながら、大きく縦に、首を振った。

「そうか。もう、聞くことはない」

隼人は、脇差を引き抜いた。脇差を鞘におさめた隼人を見て、牧野の面に安堵がよぎった。

そのわずかな緩みを隼人は見逃さなかった。床の間に置かれた刀架から大刀を摑み取り、抜き放って牧野の胸に刃を突き入れた。背中から突き出た刀を、背後の壁へ突き立てる。

「牧野備後守。親父殿の恨み、おもい知ったか。貴様には、止めを刺す。二度とこの世に戻ってきてほしくないからな」

刀架に残る脇差を手にとり、鞘をはらった隼人は、牧野の喉を突いた。脇差もまた、牧野の首を貫き、壁に突き刺さる。

牧野備後守は大きく躰を震わせるや、絶命した。うつろに見開かれた眼は、すでに生あるものの、それではなかった。

「引きあげるぞ」

振り向いた隼人に、お藤は、大きくうなずいた。

一挺櫓の猪牙舟が、夜の大川を江戸湾に向かってすすんでいる。猪牙舟を操るのは与八であった。与八の前にはお藤が乗り込んでいる。舳先にすわっているのは、隼人だった。

軽業師あがりの与八の手引きで牧野備後守の屋敷へ潜入し、武兵衛の敵討ちと尾張血判状を奪いとった隼人たちは、気づかれることなく逃れ出て、隅田川端に繋留（けいりゅう）しておいた猪牙舟で、南町奉行所へ向かっているところだった。

　大川を下り、新大橋を通り過ぎたところの水路を右へ折れ、箱崎橋の下をくぐって右折し、日本橋川を江戸橋、一石橋とすすむと、南町奉行所に行き着く。

　隼人は、牧野備後守の屋敷より奪ってきた尾張血判状の中身をあらためていた。

　尾張血判状には人名は記されていなかった。上段に藩名が、名前のところは空白になっており、下段に花押（かおう）と血判が押されてあった。

　藩名から、花押の主が誰か調べあげるのは、いとも容易（たやす）いことであった。連判した者の名が記されていなくとも、藩名と花押と血判が残されている以上、これは立派な謀反の連判状となり得るものであった。

　おそらく、と隼人は推考する。

　牧野備後守は、将軍吉宗のやり方に不満を持つ大名のあまりの多さに気づき、尾張藩の重臣たちをたきつけ、飼い殺しになっている伊賀組の不平分子も手足として使い、

「尾張藩起つときは各々方（おのおのがた）も藩をあげて軍勢をととのえ、公儀を、共に討ち倒すべし」

と、各藩の重臣たちを煽動して、着々と謀反の準備をすすめていたのだ。

(親父殿とおれ、尾張藩探察に出向いた側目付が父子二代にわたって行く方知れず、ということになると、上様の性格上、意地を張られ、軍勢を尾張名古屋に差し向けることもあり得る。牧野備後守は、そうなったら、それでもよいと考えていたのではないだろうか)

隼人は、まず間違いあるまい、と推断していた。

この尾張血判状を南町奉行所で待つ大岡越前守に手渡せば、あとはすべて差配してくれることになっている。目付役が手の者を引き連れて、牧野備後守の屋敷の中庭、男松女松の根もとちかくに生き埋めにされた、武兵衛の骸を発掘する手筈もととのえられていた。

(親父殿の骸が見つかれば、下総長生藩のお取り潰しは必至。さすれば、親父殿と牧野備後守は相討ち、ということになりはしないか)

隼人は、さらに考えを推し進めた。

(長生藩二万石と引き換えの命。親父殿、この喧嘩、勝ちといってもいいのかもしれぬぞ)

隼人は心中で、武兵衛に問いかけていた。

武兵衛の、

「隼人め、相変わらず、下らぬことをいいおる。も少し、我が身を大切にせい。この親不孝者めが」

いつもの説教が、耳に甦ってくる。

隼人は、すぐそばに武兵衛がいるような気がして、おもわず、ぐるりと視線を泳がせた。

川風が、隼人の頬を嬲って、通り過ぎていく。

（親父殿と、こころを開いて、もっと触れ合うべきであった）

瞬間、不覚にも、隼人は涙を溢れさせていた。躰の奥底から込み上げてきた熱い塊を、隼人は抑えることができなかった。

隼人は、なかば反射的に、武兵衛との触れ合いの残滓を探した。

隼人が触れ合いの残滓を見つけだしたとき、涙は、やっとおさまっていた。

背を向けたまま、お藤にいった。

「頼みがある」

「頼み？」

「おれに、三味線と常磐津を、教えてほしい」

「わたしでよければ、いつでも、どこでも、じっくりと」

笑みを含んだ、お藤の声音であった。

「頼む」

隼人は、振り向かなかった。涙の跡を、お藤に見られたくなかった。

江戸湾に、無数の漁り火が揺らめいていた。

隼人には、それが父・武兵衛の、魂の送り火のように感じられた。

隼人からの報告を受けた吉宗は、時を置くことなく宗春を処断し、隠居させた。


そして三ヶ月過ぎた頃——。

仙石家の菩提寺陵厳寺の墓地には、場違いの三味線の音が響いていた。

少し離れた墓のそばに、お藤と与八が立っている。

「たどたどしいが、隼人の旦那、けっこう弾けるじゃないか。最初は、こりゃあ駄目だとおもったが、おそろしいほどうまくなったね」

感心したように与八がいった。

「いまは三味線の師匠を稼業にしているあたしだけど、熱意に引き込まれて、夢中になって教えたもんだよ」

「親父様同様、芸事が好きなんだね」

「違うと思うよ」

「違う？」

怪訝そうに見やった与八に、隼人に目を注いだままお藤がこたえた。

「隼人の旦那は三味線を弾くことで、こころのなかで父御様とことばを交わし、触れあっていなさるのさ。あたしにはわかる」

うむ、と与八がうなずいた。隼人もお藤も、今度の騒ぎで父親を失っている。

（父をなくしたふたりにしか、わからないことかもしれねえ）

胸中でつぶやいた与八が、口調を変えて声をかけた。

「旦那から、弾き終わるまで人を近づけないようにしてくれ、と頼まれている。おれは向こうで見張っているぜ」

「頼んだよ」

「まかせてくれ。これでもおれは、腕利きの岡っ引きだぜ」

「頼りにしてるよ、与八親分」

笑いかけたお藤の目が、やけに色っぽい。

「そんな目で見るなよ。惚れちまうぜ」

軽口を叩いた与八に、揶揄(やゆ)する口調でお藤が応じた。

「それだけは勘弁して。迷惑ってもんだよ」

「これだ。負けたよ」

笑みを返して、与八が背中を向けた。

目を、墓前で三味線を弾いている隼人にもどして、お藤がつぶやいた。

「隼人の旦那、しっかり見張っているからね。おもう存分、父御様と触れあっておくれ」

笑みをたたえて、見つめた。

姿勢をただした隼人が、三味線をかき鳴らしている。

墓に供えた線香の煙が、風に揺られながら立ち上っていく。

お藤には、その煙が、隼人の弾く三味線の音色を、あの世に住まう武兵衛につたえる役目を担っているかのように感じられた。

【参考文献】

『三田村鳶魚　江戸生活事典』稲垣史生編　青蛙房
『時代風俗考証事典』林美一著　河出書房新社
『江戸町方の制度』石井良助編集　人物往来社
『図録　近世武士生活史入門事典』武士生活研究会編　柏書房
『日本街道総覧』宇野脩平編集　人物往来社
『図録　都市生活史事典』原田伴彦・芳賀登・森谷尅久・熊倉功夫編　柏書房
『復元　江戸生活図鑑』笹間良彦著　柏書房
『絵でみる時代考証百科』名和弓雄著　新人物往来社
『時代考証事典』稲垣史生著　新人物往来社
『考証　江戸事典』南条範夫・村雨退二郎編　新人物往来社
『新編　江戸名所図会　〜上・中・下〜』鈴木棠三・朝倉治彦校註　角川書店
『武芸流派一〇〇選』綿谷雪著　秋田書店
『大江戸ものしり図鑑』花咲一男監修　主婦と生活社

『大日本道中行程細見圖』人文社
『嘉永・慶応　江戸切繪圖』人文社
『新修　名古屋市史　第三巻（付図　正保四年名古屋城絵図・正保四年尾張国絵図・狂言絵巻）』新修名古屋市史編集委員会　名古屋市
『江戸諸藩役人役職白書　別冊歴史読本59』新人物往来社
『徳川将軍家への反逆　幕府権力に挑んだ男たち　別冊歴史読本70』新人物往来社
『剣豪　その流派と名刀』牧秀彦　光文社新書　光文社
『天保懐宝　広重の東海道五拾三次旅景色』人文社
『天保国絵図で辿る　広重・英泉の木曾街道六拾九次旅景色』人文社
『中山道を歩く　日本橋—三条大橋　５３４キロ完全踏破』山と渓谷社
『江戸時代を歩く　歴史街道名所案内　宿場・町並み・峠みち』婦人画報社
『名城を歩く5　名古屋城犬山城　東海に輝く金鯱と木曽川を望む国宝天守　歴史街道スペシャル』歴史街道4月特別増刊号　ＰＨＰ研究所
『名古屋図享保10年頃（１７３３）写』名古屋市蓬左文庫所蔵古地図複製版　名古屋市教育委員会

コスミック・時代文庫

将軍側目付 暴れ隼人

2022年11月25日　初版発行
2023年 2 月 6 日　2刷発行

【著 者】
吉田雄亮

【発行者】
相澤　晃

【発 行】
株式会社コスミック出版
〒154-0002 東京都世田谷区下馬 6-15-4
代表　TEL.03(5432)7081
営業　TEL.03(5432)7084
FAX.03(5432)7088
編集　TEL.03(5432)7086
FAX.03(5432)7090

【ホームページ】
http://www.cosmicpub.com/

【振替口座】
00110-8-611382

【印刷／製本】
中央精版印刷株式会社

ISBN978-4-7747-6431-3 C0193